卯月の雪のレター・レター

Red Strings

Sako Aizawa
相沢沙呼

東京創元社

目次

卯月の雪のレター・レター

小生意気リゲット

Catch a cheeky balloon

いる。

わたしが怒鳴ると、妹は不機嫌そうに眉をひそめた。しゃがみもしないで、器用に靴を脱いで
「このばかっ!」

「なに?」彼女はわたしを振り切るように廊下を歩き出す。だらしなく垂れた赤いネクタイが、一瞬翻《ひるがえ》った。「なにか文句あるの? 遅くなるってメールしたじゃん」

「大ありよ」

腰に手を当てて、近所の迷惑にならない程度に声を張り上げる。「夕飯食べてくるならちゃんと言いなさい。用意してなかったらしてないで怒るくせに、せっかく待ってりゃ食べてきたから要らないってね、あんた」

「そりゃ、ごめんなさいね」

こちらの顔も見ないで、投げやりな口調。腹が立つ。

「ちょっと」

追いかけて呼び止めたが、そのまま部屋に入られてしまった。吸い込まれるように黒髪を靡《なび》かせて、戸が閉まる。趣味が悪いとしか思えない、きつい香水のにおいがあとに残る。慌ててドアノブに手をかけるよりも早く、鍵のかかる音が鳴った。ノブを摑んで、何度か回す。動かない。

ああそう、そういう態度に出るのね。

光沢のあるウッドブラウンの扉を前にして、大きく息を吸い込んだ。

「この放蕩娘っ！　姉不孝者っ！」

ついでに扉を蹴っ飛ばした。数秒待っても反応がないので、もう一度蹴っ飛ばす。スリッパ越しとはいえ、けっこう足が痛い。

「しつこい」部屋の中からどたどたと音がして、妹が顔を覗かせた。眉根を寄せて、黒い瞳がじろりと睨《にら》む。「なにが不満なの」

「姉に対する態度がなっていない」

「いつものことじゃんか」

「開き直るな」

「うるさいなあ……」ぼやきながら、妹はもう少し扉を開けた。「はやく着替えたいんだけど」

「だいたいね」わたしは腰に手を当てた。背丈は妹と大して変わりはしないが、なるべく妹を見下ろすように背筋を伸ばす。「あんた、いま何時だと思ってるの」

「九時五十分」わざわざ部屋の時計を一瞥《いちべつ》して、言い返してくる。憎たらしさを助長させるような平然とした表情だった。「だから？」

「だから――」扉を閉められないように、外開きになっているそれに手をかけた。「こんなに遅くまで、あんた、なにしてたのよ」

「きみに知る権利はないね」

この態度には苛々してくる。

「ふざけないで」

「遊んでくるって言ったじゃん」

「こんなに遅くまでなにして遊んでるのよ。そんな恰好のままで、あんた補導されるよ」

「そのときはよろしく」

妹が扉を閉めようとする。

「よろしくない」

そう言い返して、扉にかけた手に力を込めた。ついでに足で阻んで、彼女が閉じこもるのを妨害する。鈍い音がして、素足に痛みが走る。いつの間にかスリッパが脱げていた。

痛みを堪《こら》えた顔に気付かれたのか、妹はげんなりとした表情を見せた。

「呆れた」

「どっちが」呆れるのはこっちだよ。「遅くなるんだったらちゃんと電話しなさい。心配するんだから」

「べつに心配しなくてもいい」

「あんたねえ……」

彼女は鼻を鳴らして、視線を斜めに落とした。「おやすみ」

「はやく寝なさいよ」

こちらの言葉が完全に伝わる前に、妹は扉を閉めてしまう。

「いててて……」

キッチンに向かいながら、ときどき片足を持ち上げて、痛めた箇所を摩《さす》る。あまりにもひりひりとするものだから、独り言が漏れた。

食事を温め直し、食卓に向かって箸を取る。テレビをつけたけれど、大して興味を惹く番組はやっていない。茄子とピーマンの挽肉味噌炒め。わりと気合い入れて作ったんだけど。大皿に盛ったそれを口にしながら、これ全部食べたら太っちゃうよなぁ、流石《さすが》にそれはまずいじゃん、なんて考えたりしていた。家族四人で食事をしていたときの習慣で、二人になった今でも、作った料理はほとんど大皿に盛ってしまう。残りは明日のお弁当かなぁ。あ、明日って土曜日だ。シホもわたしも、お弁当、要らないじゃん。どうせなら、キーマカレーにしてみよう。明日はシホ、家にいるのかな？

いつの間にか、テレビではバラエティ番組が始まっていた。一人で箸を動かしているわたしのことなんてお構いなしに、たくさんの笑い声を響かせている。

興味なんてなかったし、笑う気分になんてなれなかったけれど。

やっぱり、四人で食事をしていたときのくせで、テレビはつけっぱなしにしていた。

真夏の陽射しに、カーテンの白が揺れている。レースの薄い膜を潜《くぐ》り抜けて、透き通った光が柔らかく頬を照らしていた。その熱に、気だるい身体が身じろぎする。もう少し寝ていたいのに、この暑さったら勘弁してほしい。携帯電話を探して腕を這《は》わせると、肩と腰の痛みを徐々に思い出す。今週は残業が多かったので、だいぶ身体に応えたみたい。何時間もパソコンの前に座ってるのって、昔から苦手で仕方ない。

携帯を開いて時間を確認すると、十二時半。もうお昼を過ぎている。慌ててベッドから這い出して、寝癖のついた髪を手で撫でつけた。水曜日の食事当番はシホに代わってもらったから、今日はわたしがお昼を作らないといけない。部屋を出てリビングを覗くと、開いた窓からそよぐ風に、カーテンが揺れていた。

「シホ？」部屋を見回す。テーブルの上は綺麗に片付けられていて、妹の気配はみじんもない。彼女の部屋まで引き返し、扉を何度かノックして、そっと押し開いた。勝手に覗くと怒られるので、ほんの少し。妹は几帳面な性格をしていて、ベッドはシーツの皺一つないくらい綺麗にされている。あ、そういえば、今日は学校があるって言っていたっけ……。数日前に、えらくつっけんどんな態度で、そう言われたのを思い出す。なんだ、もう少し寝ていれば良かったな。

歯を磨いてからリビングに戻り、足の指先で扇風機のスイッチを入れながら、窓とカーテンを全開にする。そばの公園で子供たちが騒いでいる声が、蟬の鳴き声と一緒に元気よく聞こえてきた。

スプリングの軋《きし》むソファに身を埋めて、しばらく携帯電話を眺める。

今日はどうしよう。

友人からやってきたお誘いのメールに、いくつか返事を出しながら、ぼんやりと考えた。ごめんね、やっぱり行けそうにない。来週、暇ができたらメールします。

どれもカラオケや飲み会なんかの、ストレスは解消できそうだけれど、行ったら行ったで、またどっと疲れが溜まってしまいそうな用事だった。家事や仕事で疲れている身体を、わざわざそんなところまで運ぶ気力が出てこない。職場でもそうだけれど、付き合い悪い奴って、思われてるんだろうなぁ。

最近は仕事で帰りが遅く、シホに夕飯を作ってもらうことが多い。当番制を守れと言い聞かせていた自分が恥ずかしくなるくらいだった。だから土日は、交替してもらったぶん、しっかりご飯を作らないと。シホはシホで、仕事で疲れている姉をいたわってくれるような子じゃない。中学生のときまでは、すごく可愛かったのになぁ。

あの子ってば、最近、様子が変だ。

色々と不満があるのか、ここのところ妙に機嫌が悪い。急に冷たい態度を取るようになって、わたしを悪人でも見るかのような目で睨んでくる。口もほとんど利いてくれなくて、今じゃ一緒にテレビを観《み》ることもなくなってしまった。夜はずっと自室に籠《こ》もっていて、顔を合わせるのは食事のときくらいだ。ほんのちょっと前まで、一緒にバラエティ番組を観て笑ったり、暇な休日に買い物に付きあったりしてくれていたのに。

いったい、わたしがなにをしたっていうの？　そんなに食事当番、押しつけてた？　今週はまだ一回だけじゃん。土日は、わたしがちゃんとやってるんだし、遊びじゃなくて仕事なんだから、しょうがないじゃない。

そういえば、シホ、今日はお昼、どうするんだろう？

『お昼ご飯、どうするの？』

メールを打って、身体を起こした。キッチンへ行って冷蔵庫を覗く。どちらにせよ、自分の分を作らないとお腹が空く。一人なら、昨日の残りですませちゃうんだけれど。

すぐにメールが返ってきた。

『帰るから、なにか作って』

素っ気ないメールだった。絵文字すら入っていない。ほんと、少し前までは、やりとりするメールは絵文字や顔文字で溢れていたのに。

どうしたんだろう。

もしかして、学校でなにかあったの？

それとも、わたし、なにかした？

もう一度、冷蔵庫を覗いて材料を見繕《みつくろ》う。ちょうど、挽肉があまっている。

安易な手かもしれないけれど、好物を食べれば妹も機嫌を直すかもしれない。

幸いなことに、妹の好物はハンバーグだった。近年のお子さまは、お寿司やらステーキやら値の張るものばかり好むから、そのあたりは経済的な妹だ。

あ、トマト缶もあるじゃん。

少し手間はかかるけれど、美味しいものを食べさせてあげようと思った。


妹はタイミングを計ったように、昼食の用意を終えた頃に帰ってきた。「ただいま」の一言もなく上がり込んでくる彼女を、どうしたものかと廊下で眺める。

シホは目を合わせようとしなかった。自室へ入ろうとするところを、慌てて引き止める。

「ちょっと。お昼、作っておいたけれど、食べるんでしょう？」

彼女はわたしの方を一瞥して、素っ気なく言う。

「食べる」

「早くしてね、待ってたんだから」

彼女はそのまま部屋に入り込んでしまった。扉が閉まって、鍵のかかる音が響く。わたしはしばらく扉のノブを見下ろしていた。ほんとうに、なんなの。可愛くない。

冷蔵庫の前まで戻り、ウーロン茶の入ったペットボトルを取り出す。コップ二つに注いだところで、ちょうど空っぽになった。買い置きしていた二リットルのボトルを、冷蔵庫に押し込む。

椅子に座って、二つのコップを眺めた。ガラスコップの表面は複雑な模様を描いていて、茜色の液体に吸い込んだ光を、万華鏡のように乱反射させていた。その色は水面に映る西日みたいで、妙に綺麗だ。これを絵に起こすのは、難しいだろうなと感じる。

少し、片方の量が多いかな。そう思って、多い方を妹の側に置いた。しばらくして、着替えた妹がやってきた。

「ハンバーグ？」

妹が、テーブルから椅子を引き出して聞いてきた。見てわかることだ。

「そう。ハンバーグ。トマトソースだよ。あんた好きでしょ？」

「べつに」

彼女はそれだけ答えて、テーブルで頰杖を突く。

べつに？　ああそう。そうですか。この前作ったとき、美味しい美味しいって食べてたじゃん。

白いプレートに載ったトマト煮込みのハンバーグ。赤いソースは鮮やかで、我ながら見た目からして美味しそうだった。脇に添えられているのは、ちょっと作りすぎてしまったマッシュポテトとサラダ。

「じゃ、いただきます」

こちらから先に言うのも妙な気がしたけれど、妹が箸を取る様子を見せなかったので、仕方なく手を合わせた。彼女はわたしに続いて、小さく口を動かしたあとに箸を取った。

網戸にした窓から、柔らかな風が流れ込んでくる。今日はそれほど湿度が高くない。

箸を運びながら、妹の顔を覗き見た。彼女は目を伏せて、黙々と箸を動かしている。まだハンバーグには手を付けていなかった。

しばらく、妹もわたしも無言のままだった。テレビのリモコンに手を伸ばして、電源を入れる。チャンネルは適当だった。画面に視線を向けないまま、食事を続ける。今日の出来は、なかなか。いつもは作るだけ作って満足してしまうけれど、やっぱり自分の作った料理を、自分で美味しいと感じられるのが一番だなと思える。

ついでに、自分じゃない誰かが美味しいって笑ってくれれば、言うことないんだけれど。

妹が、顔を上げる。

「観もしないのにテレビつけるなんて、非効率的」

彼女はご飯茶碗を手にしたまま、素っ気なくそんなことを言う。

「そりゃ、悪かったわね」

わたしはすぐさまテレビを消した。なんだろう。腹が立つ。

「べつに、悪いなんて言ってないし」

彼女はそう言いながら、箸でハンバーグの端っこを、一口サイズに切り分けた。それを口に運ぶ。ようやく、食べてくれた。

しばらく、妹の顔をじっと眺めていた。彼女はわたしの視線に気付いたようで、不審そうに顔を上げて眉をひそめた。

「なに？」

「べつに。なんでもない」

どうしてか、妙に安堵していることを自覚しながら、慌てて箸を動かした。

動揺のせいというわけではないのだろうけれど、ふと、額に汗が流れるのを感じて、そこに手をやった。指先がうっすらと濡れたので、席を立つ。

行儀悪く足で扇風機のスイッチを入れると、ゆっくりとフィンが回転し始めた。

しばらく、ぼんやりと窓からの風に当たっていた。食卓に戻ると、妹は食事を終えようとしているところだった。そこで気付く。ハンバーグがほとんど減っていない。妹は、ハンバーグを半分以上残して、食事を終えようとしているのだ。

「ごちそうさま」

ハンバーグを残したまま、妹が席を立った。

わたしは立ち去ろうとする妹を見上げた。片手に箸を持ったままで、ゆっくりと声をかける。

「シホ。ハンバーグは……？」

要らないの？

立ち止まった妹は、背を向けたまま答えた。

「ハンバーグ。ほんとうは嫌いなの」

わたしは妹の背を見送っていた。扉が閉まる音が静かに響く。

妹はクールだ。ハンバーグを食べてくれなかった。ハート形に型抜きした人参が、赤いソースに濡れて、かたちの崩れたハンバーグの上に力なく載っている。

外で一斉に蟬が鳴き出した。


妹は部屋に閉じこもったままで、出てくる気配は一向にない。

洗い物や洗濯を終えると、とたんにやるべきことを失って、暇になってしまう。ソファに腰掛けたまま溜息をつくと、急に身体の疲れが湧いて出てきた。気分転換になにかをする気にもなれない。

背もたれにすべての体重を任せて、天井を仰いだ。脱力感に、伸ばした腕をだらんと下げる。

シホは、どうしたんだろう。

わたし、なにか嫌われるようなこと、した？　それとも、これって姉に対する反抗期みたいなもの？　急に会話がなくなって、機嫌の悪い表情しか見せないようになって、帰りも遅くなるなんて。

心当たりは、なにもない。

立ち上がり、扇風機のスイッチを切ってから、自室に戻る。

窓を全開にして、ベッドに倒れ込んだ。うんと伸びをしてから、仰向けになる。

窓辺に飾ってある風鈴が風に揺れて、心地よい音を立てる。生暖かい風が頰に触れた。

せっかくの休日だっていうのに、気持ちは休まらない。身体の疲れも拭いきれず、こんなふうにごろごろと過ごすだけで終わってしまう。そんな日が増えてきたような気がした。疲れているからって理由で、誰にも会わないで。なんにもしないで、ただ料理を作って終わってしまう休日。

わたしは、なにをして過ごしているのだろう。

毎日働いて、疲れて、なにを目指して、こんなことをしているのだろう。

同じことを繰り返して、なにが楽しい？

思い立って、ベッドから身体を起こした。枕元にあるカラーボックスの抽斗《ひきだし》を覗き込んで、そこから一冊のスケッチブックを取り出す。

それを開くには、少しばかりの躊躇《ちゅうちょ》があった。

そっと表紙を捲《めく》ってみる。鉛筆で描かれた白と黒の曲線。その影と輪郭とが目に飛び込んでくる。最初に描かれているのは、一匹の黒猫だった。少し太り気味の体格と、爛々《らんらん》と光る不思議な瞳。その瞳孔の模様と虹彩の複雑さ。そこにいちばん時間をかけて、そして苦労していたのを思い出す。懐かしい想い出の膜に触れるように、そっと慎重にそれを捲っていく。妙なかたちに曲がった瓶。なにやら怪しげな壺。ドライフラワー。林檎。バナナ。車。樹。同じクラスのミカの横顔。教室から見下ろしたグラウンドの景色。サッカーのゴールポストの前で走る男の子たちのユニフォーム姿。そこから地面に伸びていく蠢《うごめ》くような影。

昔は、こうして、目にするもの全てを、描いていた。

想い出のページを閉じて、もう一度それを胸に抱えた。ほっと溜息をつく。

デッサンだけをしていたわけじゃない。水彩画、油絵、カラーインク。写実的なものから、イラストのようなものまで、様々な絵を描いた。長いこと続けて、いくつも作品を描いて、有名な絵画賞を受賞したりもした。それが、楽しかった。

こうしたことを繰り返していた毎日は、とても有意義なものだったと思う。

今は、どうだろう。

わたしが得意とするのは、もはや風景を切り取ることではなく、食べてもらえないハンバーグを煮込んだり、誰にでもできるようなコピー機の紙詰まりを直すことだけ。

絵を描いて暮らしていくのには、お金がかかる。時間もかかる。好きなことをして生きるのには、環境が必要だ。

賞をもらったことは、妹に話さなかった。

もう、絵を続けて生きていくことはできないと、そのときのわたしは知っていたのだろう。

わたしには両親がいない。そして、わたしには妹がいる。

だから、わたしは絵をやめたのだ。


部屋を出て、キッチンに向かった。喉が渇いたので、冷蔵庫からまだ封の開いていないウーロン茶のペットボトルを取り出した。あまり冷えていないのが残念だけれど。

洗い物の中からコップを取り出して、ふと気付いた。コップが一つ足りない。妹が部屋でなにか飲んでいるのだろうか？　それにしてはウーロン茶の封が開いていない。他に、冷蔵庫には妹が飲みそうなものはない。あの子、牛乳嫌いだしなぁ。なにか薬でも飲んだのだろうか？　でも、それならわざわざコップを持っていったりしないよなぁ。

どうでもいいような些細なことだったけれど、なぜか気になる。首を傾げながら、ウーロン茶をコップに注いだ。最近のあの子のことは、わたしにもよくわからない。歳を重ねる度に、わからないことが一つ一つ増えていく。それが少しばかりもどかしくもあった。

コップを持って扇風機のスイッチを入れてから、リビングのソファに身を沈めた。そのままテレビの電源をつける。ぼんやりとしたまま、液晶画面を眺めた。

どれくらい時間が経っただろう。再放送のドラマに見入っていると、キッチンの方から妹がやってきた。いつの間にか部屋から出ていたらしい。ちっとも気付かなかった。コップでも片付けてきたのだろう。彼女は立ったまま、テレビの画面を眺めている。わたしはちらりと妹の顔を覗いた。妹は無表情だった。

「殺人事件？」妹が唐突に聞いてきた。わたしが観ているテレビドラマのことだ。彼女は、刑事もののドラマや二時間サスペンスのことを、とにかく『殺人事件』と呼んでいる。

「そうだよ」

久しぶりの、何気ない会話のように思えた。

「ふうん」

あまり関心のなさそうな声。そのまますたすたと、部屋に戻っていく。

ドラマを観終えると、いつの間にか六時近くになっていた。とはいえ、まだ窓の外は明るい。

随分と日が伸びたなぁと考えていると、電話が鳴った。滅多に鳴らない家の電話は、あのときのことを思い起こさせるようで、いつもわたしの心臓を激しく揺さぶる。けれど、シホは家にいるし、外から電話がかかってくるような理由は思い当たらなかった。テレビをミュートにしながら、どうせセールスだろうと気持ちを落ち着けて受話器を手にする。電話向こうの人物は、見知った男性の声を発した。叔父だ。

「ちょっと、気になることがあってね」

叔父の声は若い。

「えっと、なんでしょうか？」

少し緊張してしまう。

それを察したわけではないだろうが、叔父は朗らかに笑った。

「いや、大したことじゃないんだよ。いま、そこにシホちゃんいるかな？」

「いえ。あ、部屋にはいるんですけど」ちらりと、妹の部屋を見やる。受話器を構え直した。

「あの、シホがなにか？」

「いやいや、昨日ね、シホちゃんが家まで来てね」

「シホが？」

「それで、お姉さんには黙っていてくれって言われたんだけれど、やっぱり言っておいた方がいいと思って」

「黙って……。なにをですか？」

胸の奥が急に毛羽立つような気がした。わたしはシャツの胸元を握って、掌《てのひら》の汗を拭った。

「シホちゃん、お金を貸してくれって言ってきたんだよ」

「お金？」

シホが、お金を？

「あの、お金って、どのくらい……」

「いや、なに」叔父は電話向こうで笑う。「大した金額じゃない。心配しなくてもいいよ」

「でも……」そうは言われても、すんなりと受け止めることはできない。動揺のあまり、口ごもった。「その、すみません」

「いや。いいんだけどね。それでシホちゃん、お姉さんには言わないでくれって言っていたんだけれど。お小遣いは、ちゃんとあげている？」

「それは、一応……。でも、どうしてあの子……」

「最近の子は色々とお金がかかるだろう。だから、仕方ないいんじゃないかな。大した額じゃないから、シホちゃんを悪く思う必要はないよ」

「その。すみません。ご迷惑をおかけして」

「いや、いいんだよ」

本当になんでもないことだと付け加えるように、叔父は笑った。

電話を切ると、途端に辺りが静かになったような気がする。わたしは電話機の前で、しばらく立ちすくんでいた。

シホが、わざわざ叔父からお金を借りたなんて……。

息苦しい。

わたしはソファに腰掛けた。

妹には、それなりの小遣いをあげているつもりだ。

けれども、たしかにそれは、ほんの少しの額だ。同年代の、普通の家庭の子に比べれば、随分と小さな額だろう。わたしが同じ立場だったら、きっと不満を覚えるような、そんな金額だ。

この前も、シホは夏休みからアルバイトを始めたいと言っていた。夏休み期間中のアルバイトは学校でも許されているようなので、わたしはべつに反対をしなかった。履歴書の書き方を教えてほしいと、わたしに相談してきた。そう。あのときは、まだシホとも仲が良かった。

あのときは、就職活動のときに使用した履歴書の雛形《ひながた》——何枚も同じものを書くのは面倒なので、基本となるものを事前に作りためておく——を机の奥から引っ張り出して、妹に記入の仕方を教えた。一緒に、テーブルに並んでいたんだ。テレビを観ながら、二人して、ふざけて笑い合っていた。

ほんの少し前のことのような気がする。

それでも、随分昔のことのようだ。

ねぇ、シホ。

もしかして、やっぱり、わたしのところにいるのって、不自由だったりするの？

顔を上げて、廊下の方に視線を向ける。ここから、彼女の部屋の扉が見えた。堅く閉ざされたウッドブラウンの重厚な楯《たて》。

ほんとうにシホのことを考えているなら、わたしが無理をして引き取る必要はなかったよね。叔父さんのところにいた方が、きっと不自由なく暮らせたよね。わたし、お小遣いとか、ぜんぜんあげられていないし、叔母さんには子供がいないから、シホのことだって可愛がってくれた。シホ、やっぱり、叔父さんのところにいたかった？

迷惑だから。これ以上世話をかけるわけにはいかないから。

そう思って、就職するのと同時に、妹と暮らし始めた。両親との想い出が残っているこのマンションで、失われてしまったなにかを、シホと一緒に取り返していきたかった。

けれど、それって間違いだったんじゃないの？　ただの自己満足だったんじゃない？

現に、いまだってわたしは、叔父に迷惑をかけている。わたしの稼ぎだけでは、妹と暮らすなんてまだまだ不可能だからだ。

だから、なにも無理する必要なんてなかったのかもしれない。

シホとだって、なんにもうまくいっていないじゃん……。

妹がなにを不満に思っているのか、わかった気がした。わたしを嫌う理由も、よくわかる。

そうだよね。いちばん遊んでいたいときだもんね。叔父さんのところにいれば、それも叶うもの。

天井を見上げる。自室の方から、風鈴の音が聞こえたような気がした。

一緒に二人で暮らそうって、無茶な提案をしたのは、わたしの方だ。

でも、ほんとうは、無茶をする必要なんてないのかもしれなかった。

シホ。

叔父さんのところ、戻りたい？

風鈴が鳴って、深閑とした室内に冷たい音色が広がった。


お風呂から上がったあと、ドライヤーがないことに気が付いた。妹が先に入ったので、彼女の部屋にあるのだろう。タンクトップのまま、バスタオルで髪をごしごしと拭いて、シホの部屋に向かう。

扉の前で、ほんの少し躊躇《ためら》ってから顎を上げた。

「シホ」

そう呼びかける声は、自分でも驚くほどに小さなものだった。いったい、わたしはなにに怯えているのだろう。咳払いをして、扉をノックする。

「シホ」

しばらくして、妹が顔を覗かせた。

「なに」

相変わらず、ぶっきらぼうな口調だった。なんだか睨まれたような気分になって、思わず口ごもる。

「あの、ドライヤー。あるでしょ？」

妹は頷いて、部屋に引っ込んだ。またしばらくして、顔を覗かせる。どうしても、自分の部屋を見せたくないらしかった。扉の隙間から、ドライヤーを突き出す。

「サンキュ」

そう言って受け取るなり、扉が閉まった。なんだろう。へこんでしまう。

部屋に戻り、コンセントにドライヤーを差し込む。

そこで、唐突にベッド脇のカラーボックスが地鳴りのような音を立てた。置いていた携帯電話が着信を告げて振動しているのだ。慌てて手を伸ばす。ユカリからだった。今度、岩盤浴に行かない？　なんて、陽気な声でそう提案してくる。ユカリはいつものように明るく元気だった。いっしょに健康になって、おまけに痩せよう！　なんて、はしゃいでいる。

「来週の土日あたりとかどう？　空いてる？」

「土日かぁ……」

携帯を耳に押し当てながら、何気なく壁にかかっているカレンダーを見やった。ほとんど空白で、予定は詰まっていない。

「けれど、シホが……」

土日は、よく平日に食事当番を代わってもらってるぶん、わたしが頑張らないといけない。ゴミ出しだってあるし、洗濯だって。それに、あの子を一人きりにしておくのは――。

だって、わたしがいないときに、もしもなにかあったら。

遠く、手の届かないほどに隔たった場所で、なにかがあったら。

父さんと、母さんのときみたいに。

「あ、じゃ、シホちゃんも一緒にどう？」

ユカリは何気なくそう言った。それから、シホちゃんは元気？　と聞いてくる。この前、シホちゃん、コインランドリーで見かけたよ。あんたのところ洗濯機壊れちゃったの？

「コインランドリー？」

ユカリの言葉は思いがけないものだった。思わず聞き返してしまう。

「あのね、シホちゃんの高校の近くに、コインランドリーあるんだよね」ユカリの自宅は、シホの通っている高校のすぐ近くにある。「この前さ、近くを通ったら、そこにシホちゃんが入っていくの見かけてさ」

わけがわからない。

シホが、コインランドリー？

うちの洗濯機、べつに壊れていないけれど……。

「まぁ、でも、よくよく考えたら、洗濯なら家の近くのコインランドリーでやるよね。わざわざ学校近くでやる必要ないか」

どういうことだろう？

なにか、洗濯をする必要があったのだろうか？　たとえば、制服とか、体操着とかを？　いや、制服ならクリーニングに出す必要があるし、体操着だったら、わざわざコインランドリーでお金をかけなくても、家に持って帰ればいい。

普段着はどうだろう？　わたしに知られたくなくて、隠れて衣服を洗濯する必要に迫られたのだとしたら？

いやな想像が湧いてくる。水分を吸った髪が額やうなじに張りついて、身体が冷えていくような気がした。なくなっていたコップ。突然、叔父に借りたというお金。趣味の悪い香水。遅くなった帰宅の時間。

シホは、なにをしているのだろう。

わたしの知らないところで、なにをしているの。

些細なことなのかもしれない。気にする必要もないのかもしれない。けれど、行き着く想像は、どれもいやなものばかりで。

シホ。

あんた、大丈夫なの？

お姉ちゃんにできることって、なんにもないの——？

翌日は早くから、犬の鳴き声で目を覚ました。

風鈴が、静かに音を立てている。夜中も鳴っていたのだろうか。もし鳴っていたのだとしたら、それに気付かないほど深い眠りに落ちていたのだろう。

なにもする気が起きないで、昨日と同じようにリビングのソファに寝転んでいた。今日はどうしよう。読みたい本はたくさんあった。買ったまま、ぱらぱらとしか眺めていない雑誌だってある。録画したまま放置しているドラマだってあったし、挑戦してみたい料理のレシピもインターネットで見つけていた。けれど、なにをしようか迷う間に、そのどれもが興味の対象から消えていく。

小説を読んだって仕事の役には立たない。ドラマを観たところで、疲れや不安が消えてくれるわけではない。新しい料理を作ったところで……。

ソファに身を埋めると、古くなったスプリングが軋んだ。ここは父の指定席だった。仕事から帰ると、父はここに腰掛けて、ずっとテレビを観ていた。寡黙で怒りっぽい父は、野球を観るのが好きだった。我が家の女性陣は野球にまったく興味がない。だから、みんなしてダイニングに移って、母を含めて、そこでバラエティ番組を観て笑う。母は上品な笑い方をする女性だった。父はこのマンションのローンを既に払い終えていて、だから、いま、わたしたちの元には、この小さな想い出が残っている。

働くようになって、父に聞いてみたいことがいくつかできた。仕事に打ち込んで、帰りが遅くなって、家でできることなんて大したことはないのに、それでも働くのはなぜだろう。このソファに身を埋めて、一人で野球を眺めて、それでも父は幸せだったのだろうかと考える。充実した人生だったのだろうか――。

わたしは、どうだろう。

ときどき、思う。もし、自分が絵を続けていたら、どうなっていただろうって。

どんなふうに、人生は変わったのだろう。

無為に時間を潰していると、妹が部屋から出てきた。既に着替えていて、どこかへ出掛けるようだった。日曜日なのに、制服だ。短いスカートから伸びた脚は、羨《うらや》ましいくらいに細くて眩しい。少女の幼さを残した、あまり肉のついていない脚だった。彼女は洗面所に向かう途中で、ちらりとわたしを見てから、小さく声を上げた。「お腹空いた」

今日の食事当番も、わたしだ。

「トーストでいい？」

「いい」

昨日の反動かもしれない。あまり手間をかけることなく、朝食をこしらえる。トーストと目玉焼きにウィンナー。テレビを眺めて待っている妹を見やってから、テーブルにそれらを並べた。

妹はなにも言わないでそれを食べ始める。

わたしは黙って、彼女を見つめていた。

長い時間をかけて唇を開き、そっと聞いてみる。

「出掛けるの？」

「そう。見てわかるでしょう」

彼女はトーストを囓《かじ》りながら、つっけんどんに言う。

「学校？」

「知らない」

「いつ帰ってくるの？」

「知らない」

「そう」

日曜日なのに、制服でお出掛け？　あんた、可愛い服とか、たくさん持ってるでしょ？　なんで、わざわざ制服なの？　学校に用事があるの？　それとも——。

食事を終えると、妹はすぐさま玄関に向かった。わたしはやや躊躇って、妹を追った。

「シホ」

靴を履いて立ち上がった妹が、振り返る。「なに」

「シホ」

あんた、なにをしているの？

「行ってらっしゃい」

妹は扉を開け、陽射しの中に消えていった。

ユカリは言っていた。シホちゃんだって、もう高二でしょう？　そりゃ、いつまでもお姉さんとべったりってわけにはいかないって。あの歳じゃ、遊びたい盛りじゃん。彼氏だってできるし、みんなと遊びに行くことだってある。気まずい思いをしたり、自然と距離が離れていったりしても、べつに不思議なことなんてないんじゃない？

家に籠もっていても気分が滅入るだけだったので、洗濯物を干してから、少し出掛けることにした。メイクが面倒だったけれど、最低限のお洒落をして、駅前に向かう。スーパーに寄って、気になる食材や安売りのものを眺めた。友人たちには変な趣味と言われてしまうけれど、わたしは大きめのスーパーにいれば、半日くらいは時間を潰せる自信があった。野菜の一つ一つを手に取り、その質感と光沢を確かめながら、鮮やかに並んだそれらを目に焼きつける。そのとき、わたしの空想の中で生まれる仕事は二つあった。一つは、これを使って、どんな料理を作ろうかと考えに浸る。もう一つは、この色彩豊かな商品棚を、どんなふうに描こうかと、夢想する。

スーパーの商品棚ほど、たくさんの色に溢れている場所はないと思う。真剣に眺めていると眼がちかちかするくらいに激しく、ここにはたくさんの色が並んでいた。とくに調味料やお菓子の棚は、パッケージのデザインを見ているだけで面白い。全体を俯瞰《ふかん》すれば尚更だ。ふらりと立ち寄ったお店に、外国のお菓子や缶詰があると嬉しくなる。わたしは、溢れんばかりの色を描くのが好きだった。落ち着いた風景よりも、こんなふうにごった煮みたいに乱雑に詰め込まれた原色たちの方がいい。

帰ったら、絵でも描こうかなと、ほんの少しばかり考えた。こうして得られるいくつかのインスピレーションは、いつだって、かたちにならないで、帰り道の途中でしぼんで消えていく。家にはもう画材がないけれど、やろうと思えばボールペンだけでも充分だ。でも、久しぶりに油絵もやりたい。あんなの、臭くって家じゃできないけれど。

もし、たとえば、小さなアパートに移り住んで、一人で生活するようなことがあったら――。

食材をエコバッグに詰め込んで、マンションまで帰ることにした。途中、近道を通って、公園を抜ける。大して広くはない公園だった。植え込みなどの緑に囲まれたスペースに、アスレチック遊具やブランコが設置されている。中央には大きな桜の樹があって、今年の春はベンチに座り、妹と一緒に眺めたことがある。あのときは薄桃色の花弁を舞わせていた桜の樹も、今ではすっかり緑の葉を生い茂らせていた。

眩しい陽射しを遮《さえぎ》る桜の樹から、ふと視線を外す。ふわふわと漂う赤い風船が視界の片隅に入り込んできたのだ。

赤い風船は、ベンチに座っている幼い女の子が握っていた。女の子はどこか不思議そうに、ふわふわ漂う風船を見上げている。

わたしは、惹きつけられたかのように立ち止まっていた。

生暖かい風が、わたしと女の子の間を駆け抜ける。少し風が強いのかもしれない。髪が靡いて、女の子の風船がふらふらと揺れた。わたしは揺れる髪を静かに押さえた。

少女はベンチに腰掛けたまま、幻でも見るように風船を見上げていた。

シホ。

あなたは、なにをしているの？

あなたは、お姉ちゃんのこと、嫌い？

わからないことばかり、募っていく。

つらかった。

無意味に思えるこの生活も。

妹を理解できない、姉としての自分も。

この手を放してしまおうか――。

もう、面倒だ。やめてしまおうか。シホは、わたしがいなくたって平気だ。叔父たちと一緒に暮らした方が、好きなことができる。その方が、喜ぶに決まっている。わたしは、仕事に追われながら、今日みたいな余暇に、ときどきキャンバスを広げて、まだ見たことのない景色を、そこに刻んでいく。それが二人にとって、いちばんいいことのように思えた。

林檎のように鮮やかな赤。キャンバスに垂れた雫《しずく》。記憶に焼きつけられるような景色。久しぶりに絵を描くのも悪くないかもしれない。パレットに溢れるくらいの絵の具を使って、わたしの指と腕、頬が汚れていくのを空想する。

バッグを抱え直し、公園を抜けようとした。途端、強い風が吹きつける。砂埃《すなぼこり》が舞い上がり、眼を閉じた。旋風は、いくつかの疑問を巻き起こして浮かび上がらせる。なくなったコップ。遅くなった帰宅時間。借りたお金。コインランドリー。アルバイト。きつい香水。

風がやんですぐに、先ほどの少女に視線を移した。

ベンチに座っていた少女は立ち上がっていた。ぽかんと口を開けて、空から舞い落ちる雪でも抱きとめようとするかのように、中途半端に両手を掲げていた。

少女の手を離れた風船が、遠く高く、空に吸い込まれるように飛んでいく。

わたしは、唐突に気が付いた。

食材を冷蔵庫に入れることすらもどかしく、エコバッグをテーブルに置いて廊下に戻る。奇妙な緊張に背筋が粟立つのを感じながら、妹の部屋の前に立った。

おかしな想像だろうか？　けれど、そう考えればすべて説明が付くような気がしたし、だからこそ、今すぐにでも確かめたかった。

確かめなければいけないと思った。

微《かす》かな罪悪感を抱きながら、扉のノブに手をかける。

ごめんね、シホ。入るね。

綺麗に片付いた彼女の部屋に、足を踏み入れる。ラベンダーの消臭剤の匂いがした。

まるで恋をしているみたいに胸は高鳴り、指先が冷たくなる。そっと手を伸ばして、彼女の机の抽斗を覗いた。

それは、わたしの想像を確信へと変えていく。

次は本棚を眺めた。いちばん隅、目立たないように、半ば隠れた状態で大きなスケッチブックがあった。それを取り出して、開く。呼吸が止まるような気がした。

中には、鉛筆や木炭で描かれた、様々なデッサン画があった。犬や女性の横顔。定番の林檎。テーブルに載った腕時計。右手。左手。わたしの手は焦《じ》れったくなるくらいに鈍い動作で、ページを捲る。次のページに描かれていたのは、笑っちゃう。ハンバーグだ。思わず頬が緩んだ。どれも素晴らしいくらいに綺麗だ。白と黒の色しか持ち合わせていないその景色に、光と影を作り与えて、手で触れることができそうな質感を持たせている。まだ少し未熟なところはあるけれど、充分巧い。わたしはページを捲った。

次に現れたのは、グラスに注がれた水の絵だった。グラスの中の水をデッサンするには、技術が必要だ。水の滑らかな表面と影、複雑な紋様を持つグラス、そしてそれらを通る光の反射を描かなければならない。そこに描写されているコップ一杯の水は、リアルな光を蓄えていた。透き通る水面が、モノクロの制限の中で色を持っている。美しいとさえ思える影のグラデーション。

わたしもよく、こうした身近なものに挑戦していた。その頃、まだ幼かった妹は、興味津々《きょうみしんしん》に瞳を輝かせて、わたしの手元を見つめていた。お姉ちゃんは、なんでそんなのを描いているの？ どうしてそんなものをわざわざ絵にするのか、彼女にとっては不思議だったに違いない。わたしはなんて答えただろう。そうだ。デッサンは、ものを見る力を鍛えてくれるんだよ。偉そうに、そんなことを言っていた気がする。遠く懐かしい想い出。消えてしまいそうなほどに儚《はかな》く、おぼろげだった景色。たぐり寄せて、胸に抱く。

シホは、わたしに隠れて、絵を描いていたんだ――。

それで、ほとんどの疑問は氷解した。コインランドリーにいたのも納得できる。なるほど、几帳面なところは、お互いにどこまでも似ているようだった。絵を描くときには、エプロンはすぐに汚れてしまう。ほとんどの子は気にしなかったけれど、わたしは美術部にいた頃、汚れたエプロンやジャージを何度かコインランドリーで洗ったことがある。もちろん油絵の具は落ちないが、水彩だったら問題ない。アクリル絵の具でも、除光液を使えば、けっこう簡単に綺麗になる。

叔父に借りたというお金は、たぶん、新しい絵の具を揃えるためのものだったのだろう。油絵はお金がかかる。わたしがいた部活だと、部費でまかなえないほどに消費する色は、個人でなんとか揃えていた。もし油絵を始めたのだとしたら、神経質な彼女は、においが気になったかもしれない。きつい香水で、それを隠そうとしたのだろう。

彼女のスケッチブックを抱えて、しばらくぼうっとしていた。

ものを見る力。

歯がゆさが湧き出てきて、そっと唇を噛んだ。お姉ちゃん、ダメだね。偉そうなこと言って、ぜんぜん、ものを見る力なんてないじゃん。

あの子の態度がおかしくなった一ヶ月前に、なにがあったのか――。わたしは、知っていた。シホのこと、ちゃんと、見ることができていなかったよ。

自室に戻ると、強い風を受けて、風鈴が激しく音を立てていた。導かれるように窓に駆け寄る。公園を歩くシホの姿が、わたしの目に映った。

スケッチブックを抱いたまま、公園に向かって走った。風に揺れる桜の樹の下を、シホが俯《うつむ》き加減で歩いている。

「シホ！」

妹が顔を上げる。

慌てて階段を駆け下りたせいで、身体が熱かった。みっともなく息を切らした状態で、妹の前に駆け寄る。

妹の視線は、わたしの胸にあるスケッチブックに向いていた。むっとしたような表情で、妹が口を開く。「勝手に――」

「ごめん」

わたしは大きな声を出して遮った。

「ごめん。ごめんね。シホ。ごめん」どうしてだろう。それだけの言葉じゃ不足しているような気がするのに、わたしは何度も繰り返しそう言った。妹はしばらく黙り込んだまま、不思議そうにわたしを見ている。彼女の髪が風に揺れ動く。空は、まだ明るい。

「それ」

「うん」

わたしはスケッチブックを見下ろす。妹が手を伸ばした。

「返して」

「ごめん」

わたしはシホにスケッチブックを返した。シホは不機嫌そうに眼を細めて、それを抱え込んだ。

「これ。見たんでしょう」

「うん」

「勝手に部屋に入るなって言ってるでしょう」

「ごめんね」わたしは、弁解するように言った。「ごめんね。シホ、ひょっとしたら絵を描いているんじゃないかって思って。だから、確かめようと思って」

彼女は俯いていて、わたしと目を合わせようとはしなかった。風に吹かれて、埃が舞い上がる。

「どう思う?」

妹が聞いてきた。

「え?」

「あたしが絵を描いてたって知って、どう思った?」

細いラインの顎を上げて、気むずかしそうな横顔を見せる。

「どうって……」

「座ろう」

わたしの返事も待たず、彼女はベンチに向かった。肌の上で汗が蒸発していくような暑さを感じながら、シホのあとを追いかける。

妹は埃を払ってベンチに腰掛けた。わたしもそれに倣って、隣に座った。

妹が、ぽつんと言った。

「絵、昔から好きだった」

わたしは、地面の一点だけを見ていた。小さく頷く。「知らなかった」

「描いてたの、ちっちゃい頃からよく見てたからね。あたしも、描きたいと思ってた。本格的に始めたのは中学のとき」

「そっか」深く頷く。妹の顔を見たかったけど、それができなかった。俯いたまま、聞く。「どうして、黙ってたの」

「おねえちゃん――」

　はっと顔を上げる。妹の髪が、小さく揺れていた。どこか眩しそうに桜の樹を見上げている。

「おねえちゃんに、悪いと思ったから」

「どうして」

「だって、おねえちゃん。あたしのために、絵をやめたんでしょう?」妹はゆっくりと、スローモーションのように顔を下げていく。「あたしがいるから、好きなことができなくなった。それなのに、あたしが絵を描いている。なんか、悪いと思うじゃん。でも、やめられなかった」

「シホ――」

「あたしはおねえちゃんの好きなものを奪った。それなのに、そんなあたしが悠々と絵を描いているなんてさ。……知られたくなかった。怖かったんだ」

　鼓動が速くなる。息苦しかった。呼吸を求めるように、わたしは口を開けた。そこに、風に乗った埃が舞い込んできた。口を閉じるしかなくて、砂の味を噛みしめる。

　苦かった。

　妹は続ける。

「この前、おねえちゃんの履歴書を見たときにね。おねえちゃんが賞もらっていること、はじめて知った。調べてみたら、本格的なやつで、才能がないと獲《と》れないようなやつじゃん。あたしね、つらかったよ」

　履歴書の書き方を教えたとき――。一ヶ月前、わたしは彼女に自分の就職活動で使っていた履歴書の雛形を見せた。わたしは賞のことをそこに書いていた。まさか妹が、その名前を見て調べるなんて思いもしなかった。どうせ地方のコンクール程度に思うだろうとたかをくくっていた。

「すごくつらかった。あたし、おねえちゃんの夢、奪っちゃったんだって思った。自分が嫌いになったよ。絵を描く度に、自分が嫌いになった」

訥々《とつとつ》と漏れる言葉とは対照的に、シホの肩は苦しそうで、小刻みに震えているように見えた。

「シホ」

言わないで。

言わなくていいよ。

苦しい思い、しなくていいんだよ。

「自分が嫌いになって、すごく悪いと思った。でも、そうしたら、なんだかおねえちゃんと話をするのが怖くなって。嫌われたら、どうしようって」

「シホ」

わたしはシホの顔を覗き込んだ。シホは泣いてない。シホは泣くような子じゃない。それでも、わたしは胸が痛むのを感じる。彼女の肩に手を回したかった。なぜできないのだろうと、わたしは自分を責めた。

「もう、いいよ」

シホの顔を見たら、言葉は自然に浮かんできた。そう、もう、いいよ。

「わたし、シホを嫌いになったりしないよ」

声をかけると、シホは顔を上げた。視線を逸《そ》らして聞いてくる。

「どうして？　悔しく、ないの？」

わたしは笑った。

「悔しくない。逆に、嬉しい」

シホはわたしを見た。妹は眼を丸くして、呆れたような表情を見せた。

「なにそれ？」

「そりゃ、巧いなって、ちょっとは嫉妬したけど」

笑みがこぼれて、溢れそうになる。

「でもね、それ以上に、嬉しかったよ。自分と同じことに興味を持ってくれているんだなって。好きなことがあって、努力をして、自分を磨いているんだなって」

妹は、返答に困った表情を見せた。

そう。

なにを考えているのかわからなくて、あなたはとても遠くに行ってしまったように思えたけれど。

けれど、ほんとうは、ずっと近くにいたんだね。わたしが辿《たど》った道を、追ってきてくれていたんだね。

「もう気にしなくたっていいから、どんどん描きなさい」

シホは囁《ささや》くように唇を震わせた。そっと、曖昧に頷く。それから、不機嫌そうな表情で視線を背《そむ》けたまま、ぽつりと妹は言った。

「ハンバーグ」

「え？」

「ハンバーグ」

「うん」

「ほんとうは嫌いじゃないよ」

妹はそっぽを向いている。

知ってる。知ってるよ。

「苛々してたから、あんなこと言っちゃったけど。ほんとうは」

妹は、口を閉ざした。

「なに？」

「ほんとうは、おねえちゃんのハンバーグ、けっこう好きだよ」

もしかして、照れてる？

急に妹が可愛らしく見えて、笑いが漏れた。

妹はむっとしたまま言った。

「母さんのハンバーグも、あんな感じだったのかな。憶えてないけど」

ふと笑うのをやめて、わたしは自分の身体を抱いた。視界が曇った。なにかを堪えなければならないと思って、眼を閉じる。

お母さん。

シホ、大きくなったよ。

「ひょっとして、泣いてるの？」

シホが聞く。わたしは洟《はな》を啜った。彼女を睨みつけてやる。シホの顔が、ゆらゆらと揺れた。

「泣いちゃ、悪い？」

彼女はこちらを見ないで鼻を鳴らした。

「ばかみたい」

どうせ、ばかな姉ですよ。

そしてわたしの妹は、どうしようもないくらいに、生意気なのだ。

“Catch a cheeky balloon” ends.

こそどろストレイ

Jumping answer

すべては雪のせい。だから、少し強めに靴底を押し込んで、純白の柔肌をぎゅっと圧縮する。六角形の結晶が崩壊して、雪の妖精が悲鳴を上げるように軋《きし》んだ音を立てた。心地よい感触。調子に乗って、ずんずんと前へ歩く。道路を覆ったなだらかな雪景色に、たくさん靴跡を刻んだ。綺麗なものほど、跡が目立って気になってしまう。ショートケーキに塗りたくられたクリームの表面もそう。誤ってフォークの先端が跡を付けてしまうと、たった一箇所の傷でも存在が許せなくなる。だから、どんどんフォークを運んで、ケーキごと自分の胃の中へ消滅させる。足跡は汚れ。だから、どんどん踏みつけて、すべてなかったかのようにしてしまいたい。

雪なんて、なくなればいいんだ。先月に買った春物のワンピースを着られなかったのも、コートに似合わない紫色のカラータイツで聡《さとし》に鼻で笑われたのも、すべては雪のせい。足を覆うのは微塵《みじん》も可愛くない登山靴で、防水性は抜群。足を前に蹴り出すと、雪の粉がバッタのように跳ねて散る。

「サキちゃん、サキちゃん、ちょっと待ってよぅ」

振り返ると、加奈《かな》ちゃんが歩いていた。綱渡りをする曲芸師みたいに、ふらふらとしながら。彼女の靴は、中学生のときに流行《はや》って、最近は廃《すた》れたと思っていた厚底のブーツだった。この雪の中、そんなものを履いてくるなんて、呆れるのを通り越して腹が立ってしまう。わけがわからない。あ、また転んだ。

「いや。待たない」

私は笑いそうになるのを堪《こら》えてから、歩みを再開する。重々しい登山靴が、真っ白な歩道を、ぎゅっぎゅっと進んでいく。この辺りは人通りがないのか、ほとんど足跡が付けられていない。ほんとうに車が通れるのか怪しいくらい狭い車道に、タイヤの跡が走っているだけ。肩越しにちらりと後ろを見やると、加奈ちゃんはよたよたと起きあがるところだった。マフラーに雪が付いている。

「あぁん、待ってよぅ、サキちゃん。なんか今日怒ってない？　ご立腹モード？」

「だいたい、もう四月になるっていうのに、なんで雪が降るわけ？　ここは埼玉よ」

朝の内にやんでくれてよかった。

「急な天気の崩れに、交通網の麻痺とくれば、これは悪意を後押しする神のいたずらに違いないよ！」

雪を踏み荒らして、加奈ちゃんが傍《かたわ》らまで走ってくる。いつものように、彼女はわけのわからないことを言った。

「ああ、誰が想像できただろう。この先訪れる吹雪《ふぶき》の山荘で、あたしたちを、あのおぞましい密室殺人が待ち受けているだなんて！」

「そんなこと、起こってたまりますか」

既に雪はやんでいて、吹雪く気配など微塵もない。向かう先も山荘ではなかった。百織《しおり》さんの家は、漫画や映画の中でしか見られないような、ちょっとした豪邸なのだ。長々と続く塀に囲まれていて、深い歴史を持った古めかしい日本家屋。ちょうど、その黒塚《くろづか》邸の正門が見えてきた。私たちは、さっきからこの屋敷の塀沿いを延々《えんえん》と歩いている。加奈ちゃんは、途中二回くらい転んで、ねぇ、サキちゃん、なんで無視するの、怒ってるのぉ？　なんて嘆《なげ》いていた。

「べつに怒ってないよ。元からこういう顔なの、知ってるでしょう」

「ううん、怒ってる。それくらいわかるもん。この前はミスドのクーポン、期限切れになってて怒ってたし、その前はマツキヨで配ってた試供品が目の前でなくなったってキレかかって――」

そんなことで腹を立てた記憶は欠片《かけら》もなかった。きっと加奈ちゃんの経験なんだろう。私は鼻を鳴らして、口元を手で隠す。思わず笑ってしまったから。あ、また転んだ。顔面から突っ伏して、さらさらとした雪の欠片が舞い上がる。これで四回目だ。

「べつに怒ってないよ」倒れた彼女に手を差し伸べる。「ほら、立って」

「待って、当てる」彼女は雪に埋もれていた上半身を起こして言う。雪がまだ溶け出していないせいかもしれない、着ているダウンは濡れてないみたいだ。「朝、電話したときは機嫌良かったもん。録画してた『ぜんまいざむらい』について嬉々と語るくらいには」

「そんなの語った覚えはないけど……」

少なくとも、今朝は。

加奈ちゃんは顔を上げて、じっと私を見る。睫毛《まつげ》に雪の粉が載っていた。冷たそう。

「サキちゃんが、朝から出掛けるまでに機嫌悪くする原因って一つしかないよね。ずばり聡君との喧嘩でしょ！」

彼女の手はひんやりしていて冷たい。私が手の力を緩めると、加奈ちゃんは再び雪面へとダイブする。面白いくらいにどさりという音が響いて、びっくり。気付くと、塀に積もった雪が路面に落ちたのだとわかった。

「知らない。ほら、そろそろ行くよ。あんまりコメディなことしてると、風邪引くんだから」

「あぁん、待ってよサキちゃん」

笑いを堪えながら、門へと歩く。インターホンを押すと、しばらくして百織さんの声が聞こえた。

「はい」

「おはようございます。島崎《しまさき》です」

「あ、島崎さん。どうぞ。お手数ですが、玄関の方までいらしてください」

門は開け放たれたまま。一応、後ろを見て、加奈ちゃんが付いてきていることを確認。うん、ちゃんと起きあがっているな。

屋敷の玄関までは、砂利が敷き詰められた上品な空間があるはずだった。けれど、視線を落としてもすべては真っ白。まるで、ぜんぜん知らない場所にやってきたみたい。

「沙織《さおり》ちゃんと小太郎《こたろう》君、久しぶりだなぁ。大きくなってるかなぁ」

加奈ちゃんは弾んだ声を漏らす。そう、もう半年くらい会っていない。子供の成長は驚くほど早いから、うんと背が伸びていても不思議はないな。私はそっと唇を動かして、声にならない歌を口ずさむ。

「かおり、しおり、さおり、こたろう」

呪文みたい。童謡のような柔らかさを持った、懐かしさを想起させる言葉の並び。かおり、しおり、さおり、こたろう。圭織《かおり》、百織、沙織、小太郎。家族の並び。少し眼を閉じて、その呪文が文字になって並んでいるところを想像してみた。黒塚の。かおり、しおり、さおり、こたろう。すらすらと弾むように流れる言葉。それは、決して離れることのない繋がりの強さのよう。瞼《まぶた》を開けると、陽が出ているわけでもないのに、白い地面がぎらぎら輝いていて眩しかった。

玄関で迎えてくれた百織さんは、まぁまぁ、大変。と眼を丸くして言う。お母さんみたいだな、と私は思った。加奈ちゃんの髪やマフラーに載っていた雪の粉を、ぱたぱたと手で払って言う。加奈さん、風邪引いちゃいますよ。転んじゃったんですか。怪我してませんか。タオル持ってきますからね。ハタキでぱたぱた、埃《ほこり》を払うみたい。加奈ちゃんはくすぐったそうに笑っている。それから、遠慮なく言った。それよりさ、百織ちゃん、ご飯食べさせてよぉ。あたし、もうお腹ぺこぺこで死んじゃう。

百織さんの家に来たのは、これで三度目。登山靴から紫色の足を引き抜いて、お邪魔しまーすと声を漏らす。それからコートを脱ぐと、ようやく自分の納得できるコーディネートになった気がする。そう。お洒落って、いつもうまくいかない。暑かったり寒かったりが重なって、入念に用意しておいた部品が噛み合わなくなるんだ。今日はこのコートと、そしてなにより重々しい登山靴が、私の選択を台無しにしてくれた。部品といえば、と、ずっと昔に聡と一緒に作ったプラモデルのことを思い出した。あの細かい部品をハサミで切るのはなんて歯がゆい作業だろう。そのまま指でねじ切って、部品を壊してしまったことがある。あのとき聡は泣いてしまった。私は口元を手で隠す。ざまぁみろ、なんて、思い出し笑いが零《こぼ》れた。

百織さんのあとに付いて廊下を進んでいくと、畳の匂いがする。この匂いは好き。普段、他人の家の匂いって慣れないはずなのに、この匂いに包まれると、なんだか懐かしくなる。自分の部屋は洋室なのに、なんでだろう。

長い廊下の途中で、小太郎君とすれ違った。声をかけるまでもなく、まだ幼い彼は逃げるみたいに去ってしまった。あ、こら小太郎、と百織さんの声が追った。すみません、ほんとう、手のかかる弟ですね。そう言う彼女の表情は、けれどにっこりしていた。やっぱり、お姉さん、というよりは、お母さんみたいな表情で。

「嫌われちゃったかなぁ」と、加奈ちゃん。「もしかして、照れてるとか?」

「男の子だもんね」私はそう言って笑った。

女の子と男の子というのは相反するものなのだ、と私は思った。

*

百織さんは同級生とは思えないほど、物腰が落ち着いている。でも、その柔らかな雰囲気は、彼女の外見とは一致していないかもしれない。彼女はほんのりと髪を染めていたし、放課後はいつもスカートを短くしている。まぁ、誰だって、この歳になったら脚は長く見せたい。隣のクラスに、由緒のある日本家屋に住んでいる黒塚百織というお嬢さんがいる、なんて言うと、みんなはたいてい、古風でおしとやかな美人を想像するみたいだ。けれど、百織さんはどちらかというと顔の彫りが深くて、半分くらい外国人の血を引いているような印象を与える。髪を切ったら、少年みたいに見えるかもしれない。彼女はクラスの男子から百式《ひゃくしき》さんと呼ばれている。百式さん。百式さん。変わった愛称だ。なんだか個性的で羨《うらや》ましい。

今日はたこ焼きパーティ。たこ焼きの鉄板プレートの上に生地を流し込んでいって、ちょっとグロテスクな蛸の切れ端を、ひたすらに、覆い隠していく。百式さん。と、言葉にしないで呼びかけながら、私は慣れた様子で生地を流し込んでいく彼女を観察していた。あたしもあたしも!あたしもやりたーい。テーブルの縁に手を付けて、ぴょんぴょんと飛び跳ねているのは、まだ小学生の沙織ちゃん。危ないから、じゃあ、ちょっとだけね。ちゃんとお姉ちゃんの言うことを聞くのよ。百織さんのふんわりとした言葉は、ほんとうにお母さんみたいだ。沙織ちゃんは、はーい、と素直に返事をする。聞き分けが良くて羨ましいな。それから加奈ちゃんが、えー、あたしもやりたいよう、なんて声を上げたので、百織さんと顔を合わせて笑ってしまった。ほんとうに、加奈ちゃんは子供みたい。百織さんがお母さんで、加奈ちゃんが子供だったら、私はなんだろう。ちょっとだけ考えてしまう。

みんなで賑やかにテーブルを囲んでいるキッチンは、この屋敷の改築された部分にある。だから、内装はあんまり和の趣《おもむき》が感じられない近代的なものだった。途中、百織さんのお父さんがお茶を淹《い》れに来て、びっくりしてしまった。てっきり、留守にしているものだと思ったから。

「どうも、お邪魔しています」

慌てて頭を下げた。

百織さんのお父さんは、髪に微《かす》かな白が交じるくらいで、とても若々しい印象を受ける。きっと身体付きのせい。がっしりと首の辺りが太い。彼は陶芸家が着るような着物姿で、職人らしい雰囲気を纏《まと》っていた。けれど、彼女のお父さんはもちろん陶芸家じゃない。本物の陶芸家も、実際に着物を着て生活しているのかどうか怪しいな。そんなことを考えて、また、思わず笑いそうになる。思い出し笑いは私の悪いくせだな。加奈ちゃんにはたいてい、クールな顔をしてるって言われてしまうけれど。

いつも娘がお世話になっております。と、百織さんのお父さんはにっこり笑って頭を下げた。

「そういえば、さっき、斉藤《さいとう》さんに聞いたんだけれどね」

私たちがたこ焼きをひっくり返していく中、お茶を淹れながらお父さんが言った。

「ここのところ、この辺りで泥棒の被害が多くなってるらしいんだ。今月で、もう二軒もやられたんだと。念のため、百織も沙織も、寝る前とか、出掛けるときとか、戸締まりはしっかりするようにね」

そう言って、百織パパはお茶を盆に載せてキッチンを出て行った。百織さんが言うには、近所に住んでいる斉藤さんという人と囲碁をしているところらしい。始まると、二人して日が暮れるまでやってるんだから。と、百織さんは囁《ささや》く。

居間に移動して、みんなでたこ焼きを食べた。初めて作ったたこ焼きの味は、まぁまぁかな、なんて感じる。こういうのは、やっぱりみんなで作っているときが楽しい。百織さんが用意しておいてくれたブロッコリーとアボカド和《あ》えのサラダは見た目も綺麗で美味しかったな。それに比べると、たこ焼きの方はひっくり返すのを失敗して、かたちが崩れているものがたくさん。ほとんど加奈ちゃんが挑戦して失敗したものだ。けれど、こういうのってお店で買ったら絶対に出てこないフォルムだから、ある意味ではすごく新鮮かもしれない。ぜんぜん違う食べ物みたいだ。お好み焼きをぎゅっと圧縮したような。へこんでいた加奈ちゃんにそう言ったら、それってぜんぜんフォローになってないよぅと嘆かれてしまった。ちょっと残念だったのは、小太郎君がいないこと。百織パパのところにいるみたい。ご飯を食べたあとは、沙織ちゃんを交えて、みんなで遊ぼうという話になった。

「いいよ。なにして遊ぶ?」

食器を片付ける百織さんを手伝いながら、沙織ちゃんに聞いた。

「うーんとね。なにしよっかな……」

「雪合戦は?」と言ったのは加奈ちゃん。

「やだ。寒いもん」

けれど、肝心の沙織ちゃんに振られてしまう。ほんとう、どっちが子供かわからない。

「四人だとなにがいいかな……。トランプとか？」

「えっ、マリオカートとかないの？」

加奈ちゃんはちょっと不服そう。百織さんは笑って言う。

「残念ながら、テレビゲームはうちにはないんです。あ、でも、人生ゲームだったらありました。古いやつですけれど……」

「じゃ、それをやる？」ほんとうはトランプで大富豪をやりたかったのだけれど、実力差が出てしまうゲームだと面白くないかもしれないな。大富豪、好きなんだけど。ま、小学生を相手に本気を出しても大人げないし。その点、人生ゲームなら運の要素が強いから、わいわい遊べるかもしれない。「久しぶりに、そういうので遊ぶのも面白そう」

「やるー」と、沙織ちゃんは元気な返事をして、ぴょこんと立ち上がる。「取ってくるよ。どこにあるの？」

「確か、掃除したときに見かけて……。蔵にあったと思うけれど」

「わかった。探してくるね」

沙織ちゃんは襖《ふすま》の向こうへ、とことこ駆けていった。

「元気で可愛いね。羨ましい」

百織さんに付いていって、簡単な後片付けを手伝う。加奈ちゃんは足がしびれたーと情けない声を漏らして、畳の上でごろんと横になっている。二人で廊下を進んで、キッチンまで食器を運んだ。百織さんが聞いてくる。

「けれど、島崎さんにも、弟さんがいらっしゃるでしょう？」

「あれはだめ」私は即答した。「ぜんぜん可愛くない。減らず口ばかり叩くし、なんか、うざったいんだ」

「あら、まぁ」と百織さん。あら、まぁ。あらまぁって、なんだろう。どうしてか面白くなって笑ってしまう。あら、まぁ。

食器を洗うのを手伝って、二人でさっきの居間まで戻る。寝転がっている加奈ちゃんと三人で話をしていたら、沙織ちゃんがボードゲームの箱を両手に抱えて戻ってきた。

「おおー、これ懐かしいー！」腹筋は鍛えられてるみたい。がばっと加奈ちゃんが起きあがって、沙織ちゃんが持ってきた人生ゲームの平べったい箱を受け取る。「うわぁ、うわぁ。小学校のとき、友達の家で遊んだよこれー」

箱を開けると、中身は駒やカードの類《たぐい》でぐちゃぐちゃだ。なんとなく手を伸ばして、ぺらぺらとした偽物のお札をつまみ取る。こういうので遊んだことってないから、新鮮だ。薄っぺらで、すぐになくしてしまいそうな、頼りないおもちゃの紙幣。

「これ、百織ちゃんの？」と加奈ちゃんが聞く。

「どうかしら」と百織さんは首を傾げた。「ううーん、わたしのもののような気がしますけれど、よく憶えていませんね。もしかしたら、姉さんが子供の頃に買ったのかもしれません」

加奈ちゃんは箱の中身を取り出して、テーブルに並べ始めた。私は、どう整理したらいいのかわからなかったので、とりあえず、お札を同色のものに揃えることにした。

「そういえば、今日は圭織さんは？」

「家にいると思いますよ」と、百織さんは言う。「遊びに行く予定だったみたいですけれど、この雪ですからね」

「あ、これ六人まで遊べるんだ。ねぇねぇ、圭織さんも誘ったら？」

「まさか」その言葉に、百織さんはくすっと笑う。「姉さんは、もうこういうことに付き合ってくれませんよ」

そりゃそうだ。相変わらず、加奈ちゃんの提案ってば突飛だな。

「圭織はケチだもん。ドケチ」沙織ちゃんは、まぁるい頬を膨らませて、そう呟く。小さく柔らかな手が、プラスチックの駒を弄《もてあそ》んでいた。「圭織はね、沙織のこと嫌いなんだよ」

百織さんの顔を見ると、彼女は困ったように微笑《ほほえ》んでいた。

なんとなく、沙織ちゃんの顔を覗き込んで、聞いてみた。

「沙織ちゃんは、圭織さんのことが嫌い？」

「きらーい」

それから、顔を背《そむ》けてしまう。

そういうものかもしれないな。そう、キョウダイなんて、ほんとうは、そういうものなんだ。

「あぁーん。なんか、埃っぽいね、これ」

加奈ちゃんは、ぱたぱたと手を振って言う。ゲームの箱の表面は、小さな埃が溜まってざらざらとしているみたい。

「ああ、ごめんなさい。蔵の中、しばらく掃除していませんからね」

濡れティッシュありますよ。と、百織さんはプラスチックのケースを取り出した。加奈ちゃんはそれで指を拭きながら聞く。

「蔵ってどんな感じ？　百織ちゃんの家、なんだかお宝がたくさんありそうじゃん。鑑定団に出したらすごいことになるような感じの！」

「どうかしら。蔵といっても、ほとんど物置みたいなものですよ」

「あのねあのね」不意に、沙織ちゃんが顔を上げて言った。「さっき、蔵に行ったらね。お父さんの花瓶がどこか行っちゃってたよ」

「花瓶？」百織さんは首を傾げて、ああと頷いた。「あの花器のことね。父さんがどこかに移したのかしら？」

「え、なに柿って？　柿が蔵に仕舞ってあるの？」と加奈ちゃん。

「花器でしょう」私は彼女のアクセントを訂正する。「焼き物の」

「ああ、なるほどね。つまり、お宝？　高いものなの？」

「さぁ」百織さんは困ったように笑う。「随分昔に、父さんが骨董屋さんで買ってきたのよ。高かったようだけれど、でも、作者もなんにもわからない怪しげな壺なんです。見た目は綺麗なんですけどね」

「あのね」秘密めかして、沙織ちゃんが囁いた。「この前、買いたいって人が来たんだよ」

「そうそう」と、百織さんは頷いた。「どこから聞きつけたのか知りませんけれど、そういう人が来たわ。父さんは結局、売らなかったみたいだけど」

「へぇー。じゃ、高い壺なんだね。へー、うわー、それがなくなったの？」

「まさか」百織さんはかぶりを振った。「きっと父さんがどこかに移したのよ」

「でもさ、ルパン三世が盗んでったのかもしれないじゃん？　あ、ほらほら、最近泥棒が出るって話してたばかりだし！」

「でも……」

百織さんは、ちょっと不安そうに表情を陰らせた。

「こら」と、私は加奈ちゃんを窘《たしな》める。「そういうこと、言わないの」

「わたし、一応父さんに聞いてきます」

ゲーム、先にしていてくださいね。百織さんは、そう言って部屋を出て行った。私たちは顔を見合わせて、どうしよっか、と卓上に広がった人生ゲームのボードを見下ろす。

「蔵って、鍵がかかっているの？」

沙織ちゃんは、スタート地点に駒を整列させているところだった。聞いてみると、彼女は丸い眼を瞬《しばたた》かせて頷く。

「でも、泥棒って鍵を開けられるんでしょう？」

「どうだろうね」私は首を傾げる。「いくら泥棒でも、そう簡単に鍵開けなんて……。漫画じゃないいんだから」

「ええー、サキちゃん、防犯意識低いよぅ。今じゃピッキングとかそういうの、常識らしいよ。都市型の泥棒って、油断できないんだから」

とりあえず、じゃんけんで順番を決めて、三人でゲームを始めることにした。私はいちばん最後。どういうわけか、昔からじゃんけんが弱いんだ。サキちゃん、最初に必ずチョキ出すんだから。なんて言われてしまった。

百織さんはなかなか帰ってこなかった。私が交通事故に遭遇し、入院費と車の修理代でほとんど現金が底を尽きかけた頃、襖が開いて彼女が顔を見せた。まったく不吉なゲームだなぁ、もう。

百織ちゃん、おかえりぃ。加奈ちゃんの言葉に、けれど百織さんは困惑した表情を見せていた。

「どうしましょう。大変なことになりました」

頬に手を押し当てて、眉根を寄せたまま、首を傾げている。

「どうしたの。まさかほんとうに泥棒が出たとか？」

「どうやら、そのまさかなんです」

「うぉわ、マジ？」

加奈ちゃんは、まさかそうなるとは思っていなかったみたい。ぎょっとして身体を仰《の》け反《ぞ》らせた。私はちょっと考えて、立ったままの百織さんを見上げる。

「さっき話していた花器がなくなったの？」

「はい。父さんと一緒に確認したところなんですけれど……」

襖の奥から、百織さんのお父さんが姿を見せた。お父さんは苦笑いを浮かべて、頭をかいている。

「いやぁ、困ったね。まさか、ほんとうに泥棒に狙われるなんて思ってもみなかったよ」

「他に、なにか盗られたんですか？」

私が聞くと、お父さんは笑顔を浮かべたまま、かぶりを振った。

「ざっと確認したけどね。他にはなんにも盗られていないんだ。金目になりそうなものは、そもそもあそこに置いていないからね」

「うわぁ、ほんとうに泥棒って出るんだ。すごっ」

「加奈ちゃん、不謹慎《ふきんしん》」私は卓の下で、彼女の膝を軽く蹴る。「あの、家の中は大丈夫でしたか？」

「ああ、家の中は大丈夫。入られた形跡もないから、安心していいよ」

私は沙織ちゃんに視線を移す。彼女はゲームのボードに目を落としていた。一応、聞いてみようと思う。

「あの、最後に蔵に入って、花器を確認したのは、いつでしたか？」

「今朝だよ」百織パパは、困惑の色を交えていたものの、やっぱり穏やかな笑顔を浮かべたままだった。「朝に、用があって蔵に入ってね。そのときにはあったんだ」

「今朝？　あの、それじゃ、足跡がありませんでしたか？」

「足跡？」お父さんは、不思議そうに眼を瞬かせた。

「この雪ですから、足跡くらいは残っているのでは？　雪がやんだのは朝方です」

「ああ、なるほど。けれど、足跡はなかったと思うな」

「そんなはず、ないと思いますけれど……」

「あれば気が付くよ」

どうしてだろう。百織さんは不安そうな顔をしていたけれど、彼女のお父さんの方は、笑顔を浮かべて落ち着き払っている。まるで、この状況を楽しんでいるみたいに。

「それとも、自分で見てみるかい？」

意外な言葉だった。

「ええっ？　いいの？」と、加奈ちゃんが声を上げる。私はもう一度、彼女の脚を蹴った。

「百織、蔵に行くなら、お嬢さんたちを案内してあげなさい。僕は念のため、家の中を確認してくるから」

結局、私たちは百織さんに案内されて、ぞろぞろと蔵の方に移動することにした。なんだかんだで、私も野次馬根性丸出しだな。

「あれ、沙織ちゃんは？」

加奈ちゃんが声を上げる。

「あら……。さぁ、どこかしら。寒いから外に出たくなかったのかもしれませんね」

百織さんと加奈ちゃんは、どんどんと前を歩いていく。私は、一度だけ屋敷の方を振り返った。吐く息は白く、すぐに空気に溶けて消えていく。気付いたら、二人ともだいぶ遠くへ行ってしまっていたので、慌てて追いかけた。

少し離れたところに、小さな蔵が建っている。水戸黄門《みとこうもん》とかに出てきて、中に大判小判が隠されていそうな場所だな。雪は膝の半ばくらいまで積もっていて、まだほとんど溶けていない。

屋敷の勝手口の方から、蔵の入り口まで、いくつかの足跡が見えた。あれは？　と聞いてみると、父さんとわたしの足跡ですよ、と百織さんが答える。さっき、わたしたちが調べに来たときの足跡です。そのときは、沙織の足跡と父さんの足跡しかありませんでした。なるほどね、と私は頷いて、その痕跡を消さないよう、迂回《うかい》して蔵に近付く。加奈ちゃんは、どこかに泥棒が隠れてるかもしれないよ、なんて馬鹿なことを言いながらきょろきょろしていた。真っ白な雪面には、確かに、靴跡が合計で四つ残されている。一つは、早朝に百織さんのお父さんが蔵まで往復したものだ。あとの二つは、確認のため、百織さんと一緒に調べに来たときのものだろう。残る一つの小さな足跡は、沙織ちゃんのもの。

「確かに、他に足跡はないみたいね」

「えぇー、じゃ、泥棒ってば、どうやって蔵に入ったの？」

「さぁ」

くちゅんっ、と加奈ちゃんが盛大にくしゃみする。

私は蔵の前の踏み段に足をかける。コンクリートで補強されているみたいだった。周囲を見渡しても、他に足跡は見えない。泥棒が入ったのだとしたら、絶対に痕跡が残るはずだ。

「ここの鍵は？」

聞くと、百織さんはポケットから小さな鍵を取り出した。古めかしい鍵が出てくると思ったのに、わりと近代的な作りで、ちょっと残念。

「普段は、父さんの書斎にあるんです」

「その鍵だけなの？」

「はい。中に入ってみますか？」

頷くと、百織さんは錠を開けてくれた。加奈ちゃんが遅れてやってきて、寒い寒いと呟きながら、踏み段を上がる。みんなで蔵の中に入った。

小さな蔵だった。光が充分に届いておらず、とても薄暗い。

壁際に、戸棚や古びた箪笥《たんす》が並んでいる。その上にも様々なものが置かれていた。百織さんの言う通り、雑多なものが詰め込まれた物置のようだ。戸棚には骨董品みたいな、大小様々な置物や壺が並んでいる。三人で蔵に入ってみると、それだけでエレベーターの中みたいに、狭苦しい空間になった。

「その花器はどこにあったの？」

ぐるりと蔵の中を見渡して、聞く。あそこですよ。と百織さんは言った。彼女が示したのは、私の予想とは違った場所だった。いちばん奥にどっしりと構えた、背の高い戸棚のいちばん上だった。

「あの上？」

「そう。いちばん上です」

近付いてみる。戸棚の丈はかなりある。私は身長が高い方だ。それなのに、手を伸ばしても、いちばん上にやっと届くかどうか、という位置だった。

「あのさ、他に出入り口があるんじゃない？　そっちの足跡は？」

加奈ちゃんの言葉に、百織さんはかぶりを振る。

「いいえ、入り口はここだけです。窓ならあるんですけれど」

百織さんは、奥の小さな窓を指し示す。天井付近にあって、開け閉めするにはなにかしらの台が必要そう。ねじ式の鍵が取りつけられているのが見える。けれど、人間が出入りできそうな大きさじゃなかった。

「最後に入ったのは、朝なのよね」

窓を眺めながら聞く。ずっと見上げていると首が疲れそうなくらい、高いところにある。

「父さんが言うには、そうみたいです。ほら、あそこにあったんですよ。入り口からだと、わりと目立つ位置でしょう？　朝に入ったときには、確かにあったって……」

なるほど、確かに、蔵に入ってすぐ、まっすぐ視線を向けた場所にある戸棚だった。見上げなくても、視界に入る。

「ちゃんと、鍵はかかってたんだよね？」

「そうみたいですね。それにしても……。島崎さん、探偵さんみたいですね」

百織さんにそう茶化されると、なんだか頬が熱くなるのがわかる。私は顔を背けた。「推理小説が好きなのは加奈ちゃんの方だけどね。加奈ちゃんの意見は？」

「雪上密室ってやつだよ、これは！」加奈ちゃんは、開きっぱなしになっている蔵の入り口を振り返った。びしっと、銀色の世界を指さす。「蔵に出入りしたら、必ず痕跡が残る。それなのに、泥棒の足跡はまったくない……。おおお、まさか、生きている間に本物の密室に出合うなんて！」

「不謹慎」

両手を広げて狂喜乱舞している彼女の背中に、そう呟く。

「まぁ、不謹慎っていえば、私もそうだけど」

百織さんの顔を覗《うかが》うと、彼女は不思議そうに私のことを見ていた。やっぱり、正直に話しておこうと思って、告白する。

「私は、沙織ちゃんが犯人だろうって思っていたの」

百織さんは眼を大きくした。けれど彼女は怒らないでくれて、どういうことですかと言った。

「だって、沙織ちゃん以外に誰の足跡もないのでしょう？　沙織ちゃんが例の壺を、誤って壊してしまったか、それとも意図的に隠して、みんなを困らせてやろうとしたのか……。動機はわからないけれど、足跡が残っていない以上、その可能性が大きいと思って。けれど……」

私は、うんと背の高い戸棚を見上げる。

「あんなところにあったら、沙織ちゃんじゃ手が届かないよね。私でも届くかどうか怪しいくらいだもの」

「なるほど……」

百織さんは驚いたようだった。深く頷いて、花器があったという棚を見上げる。

「手が届かない以上、うっかり割ってしまうなんて可能性はありえないもの。壊すのが目的だったら、石かなにかを投げて割ることはできるけれど、戸棚の上に破片が残ると思うし……」

角度の問題でよくは見えないけれど、戸棚の上にはなにも載っていないようだった。

「あ、あのさあのさ」

加奈ちゃんが手を上げて、ぴょんぴょんと小刻みにジャンプしている。

「なに？」

「これ、踏み台にならないかな」

そう言って、彼女が示したのは、雑多なものが押し込められているらしい木箱だった。その横には、それよりも背の高い机が置かれている。

「どうかしら」

首を傾げて、その木箱と机を眺める。それから戸棚の方を見た。無理があるなぁ。足場にするにしても、距離が開きすぎている。

「このままだとちょっと難しい。ただ、木箱か机を戸棚の前に移動させて、踏み台にすることはできそうだけれど」

けれど、これ、すごく重たそうだ。

物は試し。木箱に手を伸ばして、持ち上げようと試みる。ううーん。けれど、やっぱり持ち上がりそうにもない。机の方も、私が子供の頃に使っていたような勉強机で、沙織ちゃんが移動させるのは無理があるだろうな。

「だめね。これは、ちょっと沙織ちゃんじゃ持ち上げられないと思う」

「そうなると、沙織のアリバイは完璧ですね？」

百織さんは眼を輝かせて言う。泥棒に入られたというのに、この奇妙な推理合戦に興味を覚えたのかもしれない。けれど、アリバイって言葉は使い方を間違ってるなぁ。

「沙織ちゃんに犯行は難しいとなると……。ううーん、困ったわね。お手上げ。加奈ちゃん、なにかアイデアはない？　推理小説だと、こういうときなにかトリックが使われるんでしょう？」

「犯人は、足跡の上を移動したんだよッ！」

加奈ちゃんはびしっと指を突きつける。私に向けて。まるで犯人はお前だ、と言わんばかりだった。

どういうこと、とむっとしながら聞いてみる。加奈ちゃんは、ちょっと得意げに胸を張って言った。

「百織ちゃんのパパの足跡の上を、同じ靴を使って、なぞるように移動するわけ。そうしたら足跡は残らないじゃん？」

「ああ、なるほど」

なんだ、単純だ。

「その場合、足跡が微妙にズレることになるから、レッツ確認！」

そう言って加奈ちゃんは蔵を出て行く。

私は百織さんと顔を見合わせた。百織さんは興奮気味に瞳を輝かせて、強く頷く。二人で、加奈ちゃんのあとを追いかけた。

彼女は足跡の傍らに屈み込んで、ううーんと唸っている。虫眼鏡でも持たせたら似合いそうだな、と私は思った。

「どう？」

余計な足跡を付けないように、踏み段のところから降りないで、彼女に聞く。

「うーん。だめだぁ。普通の足跡だよ、これ。かたちがズレてるとか、そういうの、まったくないなぁ」

「まぁ、そうでしょうね」

推理小説に出てくるようなトリックを用いる泥棒なんて、いてたまるものかと思う。

そもそも、どうして足跡を残さなかったのだろう？　足跡が残ると、捕まってしまうから？　追われてしまうから？　だから、足跡が残らないように花器を盗んだのだろうか？　なにも、わざわざこんな雪の日を狙わなくても……。

「そういえば、雪が降ったのは偶然なんだ」

振り返ると、百織さんが扉に鍵をかけているところだった。

「どうかしましたか？」

「犯人は計画的に密室を作ったわけじゃないってことだね！」加奈ちゃんが踏み段のところまで、飛び跳ねながらやってくる。ケンケンパをしているみたいだった。「もし計画的に雪上密室を作るなら、犯人は雪が降るのを待たなきゃいけなくなるもん！」

「あ、一つ閃いた」どうでもいいアイデアが浮かんだ。「犯人は、雪が降る前に蔵に忍び込んで、花器を隠して、蔵の中に身を潜めた。つまり、いまも蔵の中のどこかで、じっと隠れている……」

「うわ、ホラー」

「閉じ込めました」百織さんは笑いながら、鍵を掲げた。「この鍵、中からは開けられませんから」

「餓死しちゃうわね。哀れ」

「南無南無」と、加奈ちゃんは蔵に向かって拝んでいる。

それから、三人で蔵の周囲を散策した。この蔵は母屋の裏手にあって、周囲には足跡一つない綺麗な雪原が続いている。きっと雪合戦をしたら面白いだろうなぁ。なんだかんだで、私も加奈ちゃんと一緒なのかもしれない。けれど、やっぱり足跡が残っていないのは変だな。私の中で、どうしても沙織ちゃんが犯人なんだという可能性が捨てきれない。それなら足跡の問題だって解決する。いちばん現実的な考えなんだ。けれど、彼女の手が伸びでもしない限り、花器に触れることは不可能だ。どういうことなんだろう。やっぱり、犯人は泥棒なんだろうか？　沙織ちゃんの手が伸びれば……。あるいは、身長が伸びれば……。

「あ」

私が急に立ち止まったので、後ろを歩いていた加奈ちゃんが背中にぶつかった。私はなんとか踏み止まったけれど、加奈ちゃんは盛大に尻餅をついて転んでしまう。うーん、本日何度目の転倒だろう。

「もうサキちゃんってば、急に止まらないでよぅ！」

「ごめんごめん」私は彼女に手を差し出しながら、百織さんに聞いた。「百織さん、脚立《きゃたつ》とかって、あの蔵にはないの？」

「脚立ですか……。蔵の中にはありませんね。でも、庭にはありますよ」

百織さんの視線の先を追う。彼女がどこを見ているのかわからなかったけれど、屋敷の方だ。

「ところで」私は、差し出した手を引っ込めて、加奈ちゃんに目を戻す。「なに警戒してるの？」

加奈ちゃんは私の手を取らないで、疑り深い眼差《まなざ》しを向けている。だってぇ、と彼女は呟いた。

「百織ちゃーん、この子ってば、ひどいんだよ。弟君と喧嘩して機嫌が悪いからって、あたしのことを罠に嵌《は》めようとするの。来る途中、何度引っかかったことか……」

「一度しかしてないけれど」

「まぁ、喧嘩ですか？」

「喧嘩ってほどじゃない」私は腰に手を当てる。「さっきも言ったけど、元から仲が悪いの。なんていうのかなぁ。すごく腹立たしいことを言う子で……。出掛ける前に、服が似合ってないとか、髪型が変だとか、とにかく文句垂れてくるんだ。腹が立って仕方ないよ」

加奈ちゃんは、よっと声を上げながら一人で立ち上がる。

「弟さん、中学生でしたっけ？　一緒に遊んだり、しないんですか？」

「まさか」私は鼻で笑う。「顔を合わせるのもいやだよ。なんかね、よくわかんないんだけど、互いに敵意を抱いている関係というか……。百織さんは、沙織ちゃんと仲が良くて羨ましいな」

ところで、脚立はどこにあるの。私が聞くと、百織さんは頷いて、こっちですよ、と歩みを進める。歩きながら、彼女は言った。

「仲、いいでしょうか？」

「一緒に遊んだりするんでしょう？」

「そうですね……。でも、姉さんとは、あまり。沙織も姉さんのことは、そんなに好きじゃないみたいですから。島崎さんのところと、そう変わりはないかもしれませんよ」

「沙織ちゃん、お姉さんのこと嫌いなんだ」

「姉さんが、自分を嫌ってるって思い込んでるんです。自分が生まれたから、お母さんが死んでしまって、だから姉さんは自分のことが嫌いなんだって……。そんなこと、ぜんぜんないんですけどね」

百織さんの言葉は、予想していたよりも重たくて、私の胸にずしりとくる。そうだった。百織さんは、お母さんを亡くしているんだ。不意に、加奈ちゃんの声が割り込んでくる。

「いいなぁいいなぁ。なに、二人してキョウダイ・トークですか？　一人っ子のあたしは放置ですか？　お前らなぁ、一人っ子だと、漫画の貸し借りとか、テレビの録画を頼んだりとか、そういうことできないいんだぞ。あたしのこの寂しい気持ちがわかる？」

しばらく、加奈ちゃんはぶつくさ言っていた。私は漫画の貸し借りも、テレビの録画依頼もしたことがなかったけれど、なるほど、同じ漫画を読んで、同じテレビを観《み》たりできるキョウダイが欲しかったなと思う。そういう、歳の近い可愛い妹がいればいいのに。そうしたら、互いに洋服の貸し借りだってできる。財布にも優しいし、一石二鳥だ。

「百織さんは、お姉さんと歳が近いよね。洋服の貸し借りとか、する？」

「いいえ」百織さんは、かぶりを振って笑う。「ぜんぜん趣味が違いますから。姉さん、派手なんですもの」

屋敷の近く、建物の陰になるところに、脚立が置いてあった。百織さんは、ほら、あれですよ。と指さす。父さんが庭の手入れをするときに使うんです、と彼女は言った。

「ああ、だめだ」

また自分の考えが外れた。

脚立の上には、微かに雪が積もっていた。また、周囲には誰かが寄った足跡が残っていない。これを足場にすれば、沙織ちゃんが花器に手を触れることも可能だろうと思ったのだけれど……。

「沙織の疑いは晴れました？」

百織さんはにっこりして言う。私の考えを見抜いていたみたいだった。

「ごめんなさい」

彼女は気にした様子もなく、いいえと笑ってくれた。

「そうなると、やっぱり犯人ってさ、泥棒なんだよね？」

しゃがみ込んで、加奈ちゃんは雪を拾っている。

「そう、なのかな」

私は呟く。

加奈ちゃんは、拾い上げた雪を丸めて、ぽーんと遠くへ投げる。私はそれを眺めていた。突然、加奈ちゃんは私たちを振り返って言った。

「犯人はこの中にいる！」ばっと両手を広げて、加奈ちゃん。「そういう可能性もあるよね。沙織ちゃんには犯行が不可能だけれど」

「動機がないよ。それに、足跡の問題だってある」

「じゃ、囲碁をしている斉藤さんって人は？　大穴じゃん」

そういえば、この屋敷に来ているのは、私たちだけではないのだった。百織さんに顔を向けると、彼女はかぶりを振った。

「そんな、とてもいい人ですよ。父さんとは昔からの知り合いですから、泥棒をするなんて、考えられません」

「ですよねぇ……」加奈ちゃんは肩を落として、また雪団子を作り始めた。「やっぱり、素人は大人しくして、あとは警察に任せるべきですよねぇ」

「そういえば、警察には連絡したの？」

百織さんは、きょとんとしている。

「さぁ、どうでしょう？」

三人で庭を歩いた。

加奈ちゃんが、丸めた雪を塀の方へ投球する。私は、それをぼんやりと眺めていた。

彼女が投げた雪玉は、すぐに崩壊して雪上に散っていく。

「やっぱりさ、泥棒がやったわけだよ」加奈ちゃんは、もう真面目に考えるのを諦めたようだった。「空から飛んできたとかさ」

「ルパンじゃあるまいし」思わず笑ってしまう。「塀の上にも、人が乗ったような跡はないみたいだしね」

塀の上を観察して、蔵の方に視線を戻す。蔵はちょうど塀に背を向けているので、表の踏み段まで足跡を残さずに塀の上から跳躍する、なんて方法は不可能だ。加えて、塀から蔵まで、短く見積もっても五メートルはありそう。

「なにか、道具を使ったらどうでしょうか。梯子《はしご》とか、ハングライダーとか」

「ハングライダーはともかく、梯子は現実的よね。でも、蔵から塀までは随分と距離があるから、やっぱり難しいかな。塀から蔵まで梯子を伸ばしたとしても、踏み段が反対側だから、扉の方に降りるのには、屋根を越えないといけないことになるもの」

蔵の屋根はそんなに高くない。塀よりも少しばかり高い程度かもしれない。でも、よくある傾斜した切妻型《きりづまがた》の屋根で、石川五右衛門《いしかわごえもん》や鼠小僧《ねずみこぞう》でもない限り、屋根の上を歩くのは難しそう。

「そもそも、そこまでして足跡を残さないようにする意味が不明だよ。地面に足を付けたら警報が鳴るとか？」

「ミッション・インポッシブル！」

加奈ちゃんが声を上げて、でんでけでんでーん、でんでけでんでーんとテーマ曲を口ずさむ。

「足跡を残さない理由」

腕を組んで、自分の言葉に耳を澄ます。足跡を残さない工夫をするなんて、どんな理由が考えられるだろう。

「内部の犯行に見せかけるために、トリックを仕掛けたという可能性はあるよね。警察が来ても、泥棒と思《おぼ》しき人間の足跡がない以上、足跡が残っている人間を疑うしかなくなるもの」

「足跡が残っている人間って？」

「つまり、百織さんと百織さんのお父さんと、沙織ちゃん。やっぱり、警察は沙織ちゃんのいたずらって考えるんじゃないのかな」

「そんな」

　百織さんは不服そうだ。

「でも、本当に不思議です。泥棒なら、どうやって出入りしたんでしょう？」

「泥棒が犯人だとすると、その花器を売ってくれって言っていた人が怪しいよね。その人、いつ来たの？　蔵の中を見せたりした？」

　百織さんは、きょとんと瞬きする。

「たぶん、一ヶ月くらい前だったと思います。父さんが蔵の中まで案内していました」

「想像だけれど、それが下調べだった可能性もあるよね」

「まぁ……。そんな。映画みたいですね」

「あくまで、想像だけれど」

「ねぇ、そろそろ戻ろうよぉ。あたし、なんだか寒くなってきた」

「そうですね」

　百織さんは、ぶるりと身体を震わせて頷いた。確かに、まだ風は冷たい。のろのろと三人で玄関まで向かう。私は途中で立ち止まって、蔵の方を振り返った。

　うーん、不思議だ。

　本当に、加奈ちゃんの言う通り、推理小説に出てくるような雪上密室なのかな。そんな面倒くさいトリックを仕掛けていく泥棒なんて、考えにくいけれど。

でも、誰かが花器を持ち出したのは確かなんだ。それなのに、どうして足跡が残されていないんだろう。ううん。そもそも、本当に持ち出されてしまったのだろうか？　どうして、足跡を消さなくちゃいけなかったんだろう？　足跡を残したら、身元がばれてしまうとか？

気付くと、百織さんたちの姿がなかった。

置いていかれてしまったみたいだ。

縁側の脇を歩いていたら、障子が開いた。硝子窓《ガラス》の向こうに、女の人が立っている。驚いて、心臓が少しばかり跳ねた。

硝子窓がからからと音を鳴らして開く。その人が出てきた。圭織さんだった。

「さっきから、なんの騒ぎ？」

「あの」

私は、唇を開いて彼女を見上げる。憶えていてくれてるだろうか、と不安が過《よ》ぎったけれど、圭織さんは眼を細めて、私を見つめた。

「君、百織の友達だよね。確か、島崎水葉《みずは》さん」

「はい」

圭織さんは、茶色い髪にパーマを当てて、くるくるとした巻き毛を胸元まで垂らしていた。付け毛みたいに長い。もしかしたら、ウィッグなのかもしれない。だって、あそこまで伸ばすのは大変そうだ。胸元の開いたニットに短いスカート。細い脚を覆い隠すレギンス。部屋着にしては派手な恰好をしている。

「どうも、お邪魔しています」

慌ててお辞儀をした。下の名前まで憶えているなんて、意外だった。

「親父が、泥棒がどうのこうのって言っていたけれど」

「はい。それで、ちょっと、百織さんと一緒に、様子を見に行ってました」

「ふぅん」

そう息を漏らして、圭織さんは窓に手をかけたまま、身を乗り出した。縁側に雪が積もっていなければ、そのまま一歩を踏み出していたのかもしれない。彼女は、蔵の方を眺めていた。

「足跡、なかったんだって？」

「はい。泥棒にしては、どうやって入ったのか、わからない状況で」

頷くと、圭織さんはじっと蔵の方を見つめたままだった。なにか、言葉を待っているような気がして、私は言った。

「あの、もし良かったら、一緒にゲームでもしません？」何を言っているんだろうと、口にしながら顔が赤くなるのがわかる。「みんなで、ボードゲームしているんです」

圭織さんは、私を見下ろす。なんだか意外そうに眼を丸くして、それから笑った。

「ありがとう。でも、いいよ。これから、出掛けようと思っていたところだから」

「そうですか」

そうですよね。と声にならない言葉で呟く。

「それに」圭織さんは付け足した。「妹に嫌われてるんだ。あたし」

私はなにか言おうと思ったのだけれど、圭織さんのすっと細められた茶色い瞳が、あまりにも涼しげだったので、そうですかと呟いて頷く。

「足跡ないのは、当然だよ」圭織さんが言った。「あの花器ね。何日か前に、あたしが割っちゃったの」

「えっ」

啞然としたまま、彼女を見上げる。圭織さんはもう、窓を閉めようとしているところだった。

「今朝、親父が見たって言っているのは、気のせいだよ。もう歳だからさ、記憶も曖昧なんだろうね」圭織さんは、くるくるとした巻き毛に包まれた口元を、優しく綻《ほころ》ばせた。「だから、犯人って、あたしなんだよ。今から、自首してきます」

そう告げて、圭織さんは窓を閉ざす。すっと、遮《さえぎ》るように障子が視界を横切っていく。

島崎さーん。

どこか遠くから、私を呼ぶ声が聞こえてきた。

＊

「結局さぁ」

そう呟く加奈ちゃんの口元からは、白く淡い吐息が漏れて、儚《はかな》い雪のように、空気の中に溶けて消えていく。彼女の呟きも、同じように消えてしまうほど小さなものだった。

「どういうことだったんだろうねぇ」

さぁ。と私は呟いて、コンクリートの足元を見下ろす。既に陽は落ちていて、ゆるい風も刺すみたいに冷たい。空は暗くて、駅のホームは人気がなかった。電車が来るまで、あと数分くらいある。こんなに寒くなるなんて思わなかった。

がたん、と自販機から缶珈琲が落ちて、加奈ちゃんがそれを拾い上げた。彼女はあちちちちと呟きながら、ベンチに腰掛ける。私は風が身体に入ってこないように、コートの前を合わせた。

加奈ちゃんは、熱そうに缶珈琲を掌《てのひら》で転がして、不思議そうに繰り返す。

「でも、どうやったら圭織さんが花器を壊せるわけ？」

さぁ、と私は同じ返事を返した。私にも、なにがなんだか、よくわからないんだもの。仕方がない。

結局、事件は事件と呼ぶほどのものでもなく、呆気なく解決したんだ。圭織さんの告白によって。

圭織さんは、数日前に花器を誤って割ってしまった。それをいままで黙っていたのだけれど、泥棒騒ぎになってしまうところだったので、とうとう自分のしたことを告白した。ただそれだけ。ただそれだけのことだったんだ。

頰を両手で覆う。自分の掌は、ひんやりとしていて冷たい。息を漏らすと、それは白かった。ゴジラみたいだと思う。

「詳しいいきさつはわからないけれど」少し遅れて、加奈ちゃんの疑問に答える。「前日までには、既に圭織さんが花器を壊してしまっていた、というのが真相なんだと思う」

「けれど、今朝には百織パパが花器を見たって言ってるんだよ？」

「そうね。だから、それが勘違いだった、というだけの話なんじゃない？」

向かい側のホームは無人だった。そこを見つめて、私は答える。なんだかなぁ、と加奈ちゃんは不満そう。ぜんぜん密室じゃないじゃーん、と声を漏らしていた。

私だって、なんだか納得できない。もやもやしている。けれど、これは推理小説や二時間もののサスペンスドラマじゃない。私たちの身近で起こる日常の中のできごとなんだ。明確な答えが出ることは保証されていないし、きっとそれは、自分自身で真相と折り合いを付けて、納得しなきゃいけないことなんだと思う。

　風が冷たい。帰ったらシャワーを浴びよう。それから、録画してある『ぜんまいざむらい』を観て、ゆっくり眠りたいな。ああ、けれど、その前に夕飯を食べなきゃいけない。なにか手伝わないと、母さん、怒るかな。なるべく聡とは顔を合わせたくない。食事の時間は、だから億劫だな。同じ場所にいるだけで、顔を合わせているだけで、腹が立つなんて、どうしてだろう。不思議だ。

　沙織ちゃんは言っていた。圭織さんが、自分を嫌っているんだって。

　圭織さんは言っていた。自分は、妹に嫌われているんだって。

　聡はどうなんだろうと思った。

　私のこと、嫌ってるんだろうか？

　私は、どうなんだろう。

　電車がホームに入ってきた。ゆっくりと停車するのを見届けてから、立ち上がる。早く暖房の効いた中に入ろう。加奈ちゃんと二人で、電車の中へ。

　車内はがらがらだった。シートに腰掛けると、暖房が運んでくる温かな風に、全身をぬるく包まれていく。

　息が漏れた。

　電車が静かに動き出す。

「あー。あったかい、あったかい。明日も休みならいいのになぁ」

「もうすぐ春休みでしょう」

加奈ちゃんは缶珈琲を抱えたまま、うっとりとしている。

「そうだけどさぁ……。ああ、もう二年生になるんか。いやだなー。あっという間に受験じゃん」

「加奈ちゃん、珈琲飲まないの？」

自分も買えば良かったな、と思う。

「ああ、これね。あったかいからさ。こう、頰にすりすりしたり、指を温めたり、便利じゃん」

言いながら、加奈ちゃんは実際にそうして見せた。猫みたいに眼を細めて彼女が笑う。

なるほど。そういう使い方もあるのか、なんて感心してしまった。

温かいから、手にする。

温かいから、手にするんだ……。

「もうちょっとしたら飲むよ」

あくびを漏らしながら、両手で珈琲を弄んでいる。

「そっか……」

温かいから、手にする。

そうか……。

それしかない。

なんで、思いつかなかったんだろう。

そういう可能性が、いちばん高い。そういう可能性だけが、残っているんだ。

少し、可笑《おか》しかった。

ようやく、すっきりできた。

胸中にあるもやもやとしたものが、一気に吹き飛んでいく。笑って息を漏らすと、もう白くはならなかった。

　ゴジラじゃない。

「どうかしたの？」

　加奈ちゃんは、不思議そう。

「うん」私は笑いながら答える。「やっと密室の謎が、解けたから」

「えっ」加奈ちゃんは身体を起こした。「密室の謎って？　え、どうやって、圭織さんが花器を壊したのかってこと？」

「壊したのは圭織さんじゃない」私はかぶりを振る。「それは不可能なんだから」

「え、なになに、どういうこと？　だって、圭織さんは自分で壊したって言ってるんだよ？」

「百織さんのお父さんは、今朝には花器がまだあったと証言している。それが勘違いじゃなかったと仮定すると、圭織さんの『自首』は事実と矛盾することになる。だって、彼女の足跡はなかったんだもの。今朝の時点で無事だった花器を壊すことなんてできるはずがない」

「じゃ、どういうこと？」

「圭織さんは、嘘をついているんだ」

「嘘って……」

「きっと、犯人を庇《かば》おうとしたんだと思う」

「犯人って、沙織ちゃん？　でも、沙織ちゃんには無理でしょ？　手が届かないし、脚立だって使われた跡がなかったし……」

「犯人なんて、いないんだ」

　私は言う。

なんだか、笑えてきた。

いい台詞《せりふ》だな。犯人なんて、いないんだ。

ハッピーで、いいじゃない。

「ど、どういうこと？　ええーと、まさか、花器が勝手に消えちゃったとか、そういうこと？」

「近いかも」

私は意地悪をして、答えを焦《じ》らす。

「もう、サキちゃん、真面目に答えてよぅ！」

「よく考えてみたら、簡単なことだった」加奈ちゃんの顔を見る。彼女はすごく切実そう。「あのね、本当に簡単なことよ。今朝には、百織さんのお父さんが花器を確認している。つまり、朝の時点では花器はあったの。次に蔵を訪れたのは、沙織ちゃん。人生ゲームを取りに行ったのね。その次に蔵に入ったのは、百織さんとお父さん。花器がなくなっているっていう、沙織ちゃんの言葉が本当かどうか確かめに行った。結果的に残った足跡は、お父さんのもの、沙織ちゃんのもの、百織さんのもの、この三人の足跡。そうなると、花器を持ち出せるのは、足跡を残した人間でしかないでしょう？」

「それはそうだけどさ……。じゃ、サキちゃんは、その三人の中に犯人がいるっていうの？」

「でも、百織さんは除外ね。百織さんは、お父さんと一緒に蔵に行っているから、そのときに花器をどうにかするのは難しいし、そうなると、花器が消えていたという沙織ちゃんの証言と矛盾する。となると、残る二人が怪しい」

「でも、その考えって散々検討したじゃん。百織ちゃんのお父さんには動機がないでしょ？　いちばんあり得そうな沙織ちゃんには、手が届かないから無理だって――」

「そう。無理だと思ってた。だからね、その二人じゃない別の人物——。ううーん、人物というのも微妙な表現ね。とにかく、犯行が可能な人物がいるのよ。足跡も残さずに蔵に侵入できて、花器を壊すことのできる人物がね」

加奈ちゃんは、不可解そうな表情のまま。

意外と、ここまで説明してもわからないらしい。

「焦れったいなぁ。サキちゃん、早く教えてよぅ」

「あのね、大した答えじゃないの。もう、すごいトリックが使われたわけでもない。本当になんでもないことなの。だから、期待しないで聞いてちょうだいね」

「だから、誰なの。ねぇってば！」

私は、加奈ちゃんの表情を数秒眺めた。すごくもったいぶって、それから、笑いながら言う。

「小太郎君」

加奈ちゃんは、一瞬、きょとんとした。

「は？」

「だから、小太郎君が犯人」

「え、小太郎って……。サキちゃん、なに、小太郎が、え、犯人って？　あの、小太郎って名前の怪盗とかじゃなくて？」

「そう。黒塚家の小太郎君」

徐々に、加奈ちゃんの瞳に理解の色が宿っていく。彼女は大きく顎を上げて、それからゆっくり頷いた。

「花器を盗んだり壊したりするのは、実際のところ、沙織ちゃんにしかできないの。現に、私が真っ先に思いついたのはそれだった。けれど、戸棚の上まで手が届かないという理由で、その可能性を捨ててしまったのよね。けれど、もし、沙織ちゃんの手が届くとしたらどうかしら？　その場合は、彼女を疑うしかないよね。動機がなくても、うっかり壊してしまったんじゃないかって、誰だってそう思うでしょう？　他に犯行が可能な人間がいないことは、雪の足跡が証明しているのだから」

「そっか……。なるほど、小太郎なら、できるね」

「そう。沙織ちゃんがゲームを取りに行く際に、小太郎君を一緒に連れていった。もう、本当に、笑っちゃうよね……。でもね、それしかないと思う。外、寒かったでしょう？　加奈ちゃんが缶珈琲を抱いて温まるように、沙織ちゃんも、小太郎君を抱いて温まりたかったんだ」

なるほどぉ……と、加奈ちゃんは何度も頷く。それから、言った。

「猫だもんねぇ」

「そう。猫だもの」私も頷く。「小太郎君は小さいから、沙織ちゃんでも抱いて運べる。沙織ちゃんは、小太郎君と一緒に蔵まで行ったの。そして蔵の中でゲームを探したのだけれど……。その間に、小太郎君が蔵の探検を始めてしまったのね。物置なんて、猫は普段入らないだろうから、たぶん、初めてだったんじゃない？　木箱とか、机とか、戸棚の上とかを身軽に飛び渡って——」

がっしゃーん。

加奈ちゃんは両手を広げて、花器が割れる様子をジェスチュアで表現する。

「慌てた沙織ちゃんは、花器の破片をゲームの箱に詰め込んだ。実際の大きさは知らないけれど、小さな花器だったら、充分入るんじゃない？　割れてるんだものね。それから、箱と小太郎君を抱えて……。そこはちょっと大変だったろうけれど、とにかく、蔵を飛び出したのね。小太郎君が、お父さんが大事にしている花器を割ってしまった。怒られると思ったでしょうね。必死だったのかもしれない。ゲームの箱から花器の破片を取り出して、どこか、自分の部屋にでも隠したんじゃないのかな。それから何食わぬ顔で戻ってきて、私たちと一緒にゲームを始めたんだ」

「なんだ……。そっか」

加奈ちゃんは、ほえぇ、と声を漏らして頷く。なんで思いつかなかったんだろう、と呻《うめ》いていた。

「本当に、偶然のできごとだったんだ。雪が降っていて、朝に百織さんのお父さんが花器を確認していたから、ややこしいことになってしまった。沙織ちゃんは、あのとき泥棒の話を聞いていたから、きっと泥棒のせいにできるんじゃないかって考えていたのかもしれない」

「それじゃ……。圭織さんは、沙織ちゃんを庇ってるってこと？」

「そう……。たぶん、圭織さんは、このことにすぐ気付いたんじゃないかな。確証はなかったけれど、妹がやったのかもしれないって、感じていたのかもしれない。本当に警察が来てしまったら、それこそ大事《おおごと》になってしまう。圭織さんは、沙織ちゃんと仲がいいわけじゃなかったみたいだから、本当のことを訊ねても沙織ちゃんはなにも話してくれなかったのでしょうね。それで、圭織さんが嘘をついて、とりあえず事件を終わらせようとした」

「けれど、どうして？　圭織さん、沙織ちゃんと仲悪いんでしょう？」

「それは……」

圭織さんは、嘘をついてまで、妹を庇ったんだ。

どうしてだろう。

電車に揺られながら、私は瞼を閉ざす。

妹に嫌われてるんだ。あたし。

百織さんが、沙織ちゃんを庇ったのなら、納得できたかもしれない。

けれど、嫌われている相手を。嫌っている相手を庇うって、どんな気持ちなんだろう？

ううん。圭織さんは、沙織ちゃんのこと、嫌っているんだろうか？

それを言っていたのは、まだ幼い沙織ちゃんだ。

「そっかぁ」と、加奈ちゃんが言う。「血の繋がった姉妹だもんね。圭織さんにとっては、沙織ちゃんも、きっと可愛い妹なんだよね。わかる。わかるよ。わかるなぁ」

どうだろう。

私には、わからない。

加奈ちゃんは、きっと一人っ子だから、そんなことを言えるんだよ。

車内の空気は、暖房が効きすぎていて暑いくらいだった。温かな熱気が頰に当たって、自然と眠気が襲ってくる。

「なんかさ、畳の匂いって強烈だよね」加奈ちゃんは、突然、そんなことを言う。「線香の匂いみたいで、あたし、ちょっと苦手なんだ。服に付いてる感じしない？」

ぼんやりと眼を開けて加奈ちゃんを見る。彼女は、自分の肩に鼻を寄せて匂いを嗅いでいた。

「私は好きだよ。畳の匂い」

思い出した。

聡の部屋は和室だった。子供だった頃、まだ部屋が分かれていなかったとき、私たちは、あの畳の上で寝起きしていた。

電車。がたがたと揺れて、心地よい振動が身体に響いていく。

静かな電車だった。

「ねえ。サキちゃんには弟君がいるじゃん。サキちゃんもさ、弟君がそういうことをしたら、庇ったりする？　そういうことができる？」

「どうかしら……」

私はぼんやり考える。

もし、私が圭織さんと同じ立場だったら、どういう行動を取ったろう。

不思議だった。想像の中で、私だけは歳がそのままで、聡だけが幼くなっていく。小学生の頃。泣いていて。一緒にプラモデルを作っていたときの頃。

ぼんやりと、考える。

「たぶん。圭織さんと、同じことをしたと思う……。でも、嘘のままにはしないんじゃないかな。ちゃんと言い聞かせて、本当のことを自分から話すようにさせると思う」

「ふうん」

加奈ちゃんは頷く。ふぅん。そっか。そうなんだ。

電車。ゆらゆら揺れる。

まるで揺り籠みたいだな、と思った。

母親の腕の中は、きっと、こんな感じ。

よく憶えていないけれど、そう思う。

沙織ちゃんは、母親の顔を知らなかったという。

圭織さんは、母親の顔を知っている。

私は瞼を閉ざしたまま、少しだけ想像を巡らせた。

きっと、幼い沙織ちゃんの世話をしたのは、なにも百織さんだけじゃないと思う。

少しだけそう考えて、想像を巡らせるのは、悪いことじゃない、よね。

圭織さんが、幼い沙織ちゃんを優しく抱きかかえて、眠らせている光景。

母親みたいに、揺り籠みたいに。

ゆらゆらと……。

きっと、それが姉妹というものなのだと、ぼんやり考える。

「ね、サキちゃん」

加奈ちゃんの声がする。

「じゃあさ、サキちゃんもさ、弟君のことが好きなんだね。ね、そうでしょ？」

私は答えなかった。

「サキちゃん……？」

ゆらゆら、揺り籠みたいに。

今はもう少し、眠っていよう。

"Jumping answer" ends.

チョコレートに、躍る指

Seejungfrau

悴《かじか》んだ指先は、チョコレートの板みたいに薄いキーを、震えながら叩いていく。それは声にならない言葉を拾い集めて、わたしの気持ちを半分だけあなたに届ける。

ふてくされた子供のようだ。

ヒナは毛布を肩まで引き寄せて、真っ白なシーツに頬を押しつけていた。

病院のシーツは、どれくらいの頻度で取り替えられるのだろう。自分が入院していたときの記憶を辿《たど》ろうとしたが、思い出せない。彼女の汗や涙を吸い取った枕の上を、今はもう短くなってしまった髪の毛先が、それこそ雛鳥《ひなどり》たちの巣みたいに絡まって渦巻いている。かけていたストレートが、すっかり落ちてしまっているのだ。頭のてっぺんも、微《かす》かに黒くなっている。そのことを指摘するべきか少し迷ったけれど、結局はやめた。彼女はそれに気付いていないし、本人の意思に反して、わたしはヒナの癖毛が、けっこう好きだから。

彼女の体温を測り終えた看護師が、ボードになにかを記録した。静かな室内に、体温計の電子音が鳴る。電源の切れる音。役目を終えたことを示す、呆気ない終了の合図だった。看護師はわたしに微笑《ほほえ》みかけて、他のベッドに去っていく。毛布にくるまっていたヒナは、わたしの方にちらりと顔を向けた。「スズ、今日は早いんだね」彼女はずれてしまった毛布を、身を護《まも》ろうとするみたいに、もう一度喉元まで引き寄せた。彼女が隠そうとしているのはなんなのだろう。なんの面白味も、飾り気もない水色のパジャマは、悪く言えばとてもダサかった。そんなこと、どうだっていいだろうに。それに、ヒナが思う以上に、隠さなければいけないこと、見せてはいけないものを、わたしは幾重《いくえ》にも抱えている。

彼女の疑問に答えようとして、唇を開いた。

声が出なかった。掠《かす》れたように、呼吸がひゅうと漏れる。

わたしは中途半端に開いた唇を、しばらくの間、ただ彷徨《さまよ》わせた。溢れるのは吐息だけで、想いも言葉も残さない。わたしはたぶん、滑稽《こっけい》な表情をしているだろう。深海《ふかみ》さんの自宅で、三人揃って映画を観《み》たときのことを思い出した。誤って、ヒナがリモコンの消音ボタンを押してしまった。洋画を吹き替えで観ていたから、とたんになにを喋っているのかわからなくなってしまった。確か、吹き替えの方が翻訳がしっかりしているから、と深海さんが言っていたのだと思う。言葉も環境音も、なにもかも消し飛ばされてしまって、一人で慌てていたのはヒナだった。クッションをひっくり返し、リモコンを探す間に、深海さんは能天気に笑っている。わたしはというと、無声映画のようになってしまった、そのファンタジー色の強いセピアの景色を、じっと眺めていた。煤《すす》と土埃《つちぼこり》に塗《まみ》れた登場人物たちが、真剣な表情で長い台詞《せりふ》を口にしている。どんなに伝えたくても、どんなに大事なことでも、言葉に出さなければ、決して伝わることはない。彼らが命がけの戦いのために、なにを言わんとしているのか、わたしは解読しようとしていたけれど、唇の動きだけで進む対話のシーンは退屈で、大事なことはなにも読み取れなかった。

病室の空気は少しだけ冷たく、こんなに寒いとヒナが風邪を引いてしまいそうだ。わたしはおずおずと、サイドテーブルにあるキーボードに手を伸ばした。不慣れな言語を紡ぐように、焦《じ》れったいくらいの時間をかけて、慣れない手付きで言葉を入力していく。ドラマに出てくるハッカーみたいに、キーボードをうまく操ることができたら、きっとリズミカルな音色と共に、もっと速く、あなたへ言葉を届けることができるんだろう。

『部活が早く終わったから。ヒナは元気かなって』

ようやく、文章が完成した。

ヒナは毛布から覗かせた顔を上げて、ほんの少しだけ笑った。

「うん、まぁまぁ元気。みんなはどう？　なにか変わったことあった？」

彼女は努めて明るくそう言うけれど、その表情も言葉も、なにもかも嘘なのだと感じた。だから、わたしは同じようにノートパソコンに嘘を打ち込んでいく。

『ヒナがいなくて、みんな寂しがっている』

彼女がその言葉を望んでいたのかどうかはわからない。耳を澄ますように瞼《まぶた》を閉ざしたヒナは、そっか、と乾いた唇を動かす。わたしの言葉に血が通っていないのと同じように、そこはすっかり艶《つや》の消えてしまった色をしていた。美味しさの欠片《かけら》もない、不味《まず》そうな唇だ。彼女が顔を背《そむ》けてしまったので、わたしは自分の冷たい指を、そっと口元に運んだ。息を吹きかけると、細胞の一つ一つが細やかに震えて、少しでも早く温まろうとしているみたいだった。わたしはその手をヒナの寝ているベッドに伸ばす。毛布から覗く、まだ点滴の痕が残っている彼女の手を、ゆっくりと摑んだ。わたしの指よりも、遙かに凍えてしまっている手。けれど柔らかなそれは、彼女が生きているんだってことを、わたしに伝えてくれる。ヒナの指は時間をかけてわたしの手を握り返す。こうして他人に触れるというのは、わたしにとって不思議な体験だった。女の子同士で手を繫ぐことすら、わたしにとっては無意味で陳腐なコミュニケーションなんだと考えていた。だって、皮膚と皮膚を重ねることで、どんな化学変化が起こるというのだろう。それでなにが伝わるというのだろう。熱を測るように、心臓の鼓動を確かめるように、わたしの存在を、こうして五指のかたち、冷たさ、爪の硬さを通して、ヒナに知ってもらいたいのだろうか。せめて、この熱が伝わればいい。あなたの身体が、少しは温まるといい。わたしに目を向けて、ヒナが言った。

「今ね、リハビリしてるんだ。きちんと続けたら、歩けるようになるって……」

そう。わたしは声で応える代わりに、彼女の指の感触を掌《てのひら》の中で感じ取る。微かに身じろぎする、柔らかなもの。小さく脆弱《ぜいじゃく》な生き物を、この両手で捕らえているような気分になった。

「そうしたら、また一緒に遊んだり、できる」

それが夢想だと、知っていたのだろう。わたしも、あなたも。

空っぽの胃の中に、冷たいジュースを流し込んだようだった。半ば凍りついた甘い液体が、身体の中を洪水のように流れて、指の先まで浸透していく。その濁流は掌を通し、彼女にまで伝わったのかもしれない。

「わかってる」顔を背けながら、ヒナは言った。「もう無理なんだってことくらい」

わたしが捕らえた小さな生き物の身体から、力が抜けていく。絡まった糸が、自然とほどけていくように。彼女の手を握り返すことができず、わたしたちの繋がりはそのまま絶たれた。わたしはキーボードに文字を打ち込んでいく。少し躊躇《ためら》い、そして言葉を選んだ。

『大丈夫だよ』

なんて陳腐な言葉。なんの気休めにもならないと、自分でもわかるのに、なにか言葉をかけずにはいられない。だって、誰が想像していただろう。こんなにも弱々しく、ベッドに横たわるあなたのこと。肩を小さくして、先の見えない希望に、力なく震えているあなたのこと。

大丈夫だよ。ヒナ。あなたは一人じゃない。わたしが付いている。

伝えたい言葉はたくさんあるのに、わたしたちのコミュニケーションには不自由が多すぎる。指先はキーボードの上を彷徨って、次に触れるべきアルファベットの文字を追いかける。見つからない。探せない。伝わらない。せめて、声を。声を出すことができれば。あの事故は、わたしたちから大切なものをいくつも奪っていった。それは決して、もう二度と取り戻せるものではない。

大丈夫って、なにがだろう？

無責任な言葉だ。伝えるべき気持ちの続きを探して、わたしの指は止まった。ヒナの身体は、まだベッドを離れることができない。後遺症もある。日常は遠かった。

ヒナは、わたしのことを見ていなかった。彼女は隣の寝台との間を区切る、カーテンの方に顔を向けている。わたしはキーボードを叩くのをやめて、丸みを帯びたアルミのデザインのノートパソコンから手を離す。廊下の方から、医師の呼び出しのアナウンスが流れた。ふと、ヒナが言う。

「最近、あまり来てくれなくなったよね。やっぱり、忙しい？」

とても、弱い声だった。

なんて伝えるべきか、迷った。勉強の、遅れたぶんを取り返さなくてはいけないから？　それとも、部活の練習が厳しくなってきたから？　どの言葉が自然で、説得力のあるものなのか——。わたしは胸の辺りで閊《つか》えている嘘を、どう吐き出すべきなのか迷っていた。知らずうちに、唇が開く。

だめだ。言葉は遅すぎる。

彼女に振り向いて欲しくて、わたしは再びヒナの手を取った。冷たく、柔らかな感触がぎこちなく返る。あの事故が起きるまで、こんなふうに彼女に触れることはなかった。だからなのかもしれない。罪のような痛みが、わたしの心臓を駆け巡り、叫び出したい衝動に駆られる。けれどどんなに指先を絡めても、わたしの気持ちは伝わらない。伝えられない。それでも、安心してもらいたい、という願いは本物だった。大丈夫。きっと、大丈夫だから。

「スズが来てくれないと、退屈だよ。なにをしたらいいのか、わかんなくて」

その気持ちは痛いくらいに理解できた。わたしも小学生の頃、何ヶ月も入院していたことがある。人見知りが激しく、親しい友達のいなかったわたしの元へ、見舞いに来てくれたクラスメイトはいなかった。当時は携帯電話やパソコンを持っていなかったし、病室にあるテレビは大人向けの退屈な番組ばかり流していた。なにもすることのない無為な時間。ただただ天井を見上げて、身体に突き刺さった管の煩《わずら》わしさばかりを、感じる。

どうして、わたしだけ。そんなことしか考えられず、自分の姿がない学校の教室を想像して、置いてけぼりになった気持ちに涙を滲《にじ》ませていた。きっと、ヒナも同じ気持ちなのだろう。わたしは彼女の手を握ったまま、左手を使って少しずつキーボードに文字を打つ。

『他に誰かと、メールとかは？』

それは確認のためにも必要だった。だから優しく彼女の手に指を這《は》わせながら、わたしはきつく唇を噛みしめる。胸の奥と、下唇に、鈍い痛みが走り続けていた。

「他に友達なんていない。そんなの、知ってるでしょう？」

ヒナはそう笑って、拒絶を示すように毛布で顔を覆い隠す。やっぱり、ふてくされた子供のようだ。わたしは次の言葉を慎重に打ち込んだ。いつもより、だいぶ時間がかかってしまった。

『ユリは？　心配、してた。メール、返ってこないって』

入力を終えた音が響く。それはヒナにもきちんと届いたはずだった。

けれど彼女はしばらく、わたしのことも、パソコンのことも見なかった。ただ黙って毛布の下に潜り込んでいる。そこに浮かび上がる肩が寂しそうに震えているような気がして、わたしはたまらなくなり、彼女の手をきつく摑んだ。捉えた指先は、いったん逃げるような気配を見せて、けれど、ほんの少し毛布の奥へと動いただけ。たぶん、わたしが想像しているよりもずっと、ヒナは寂しさに打ち震えている。

ヒナ。

そう、呼びかけたかった。

けれど、わたしは声を出すことができない。優しさも嘘も、どんな気持ちであっても、すべて同じように無機質なコンピューターを通してしか、あなたに伝えることができない。

いるよ。そう伝えたい。

ヒナのことを、心配しているんだよ。

彼女が落ち着くまで、しばらくの間そうしていた。意味もなく腕時計を見て、わたしは再び片手でキーボードを打ち始めた。

『ごめん、ヒナ。そろそろ塾に行かないと』

ヒナは毛布から顔を覗かせて、わたしに顔を向ける。視線を背けたまま、彼女は言った。

「もう行っちゃうの」

『わたしは、あなたを心配してる。いつも。それを忘れないで』

わたしになにができるだろう。この黒いチョコレートの板のような。散らばった文字のキーを叩く他に。どんなことが、彼女の慰めになるんだろう。

わたしの嘘が、あなたを騙す。苦しい現実が、これ以上、溢れ出ないように。

指を緩めると、ヒナの手は自然と離れていった。

また今度ね。その想いは、決して言葉にすることができなかったけれど。

立ち上がって、病室の戸口まで歩く。振り返ると、ヒナは毛布を被るようにして、寂しそうに背を向けていた。

この世界から見捨てられてしまった、迷子のようだった。


ヒナとの距離が縮まったと感じられたのは、小学校高学年のときのことだった。家族以外の人間で、初めてわたしの病室にお見舞いに来てくれたのが彼女だ。ヒナとは家が近所だった。幼稚園も同じだったのだけれど、男の子みたいに活発な彼女と、人見知りの激しいわたしとではほとんど性格が合わなくて、一緒に遊ぶことはあまりなかったように思う。だから自然と距離は離れていき、母親同士が友達だからという、ありふれた理由以上の繫がりを見いだすことができなかった。

「契約の更新をしないといけないのよ」

そう言ったのは母だったけれど、それがなんの契約のことなのかまでは思い出せなかった。新聞だったのかもしれないし、保険かなにかだったのかもしれない。面倒そうにコードレス電話を肩に挟んで、誰かと会話をしている様子だけ、鮮明だった。小学校低学年だったわたしは、どんなものにも期限があって、そしてそれは定期的に更新の約束をしなければ続かないのだと知った。

高校生になり、身体は女として完成されつつあっても、女の友情は子供の頃から変わらない。わたしたちは友達だ。そう言葉にして安堵するための保証が必要なのだ。頻繁《ひんぱん》に顔を合わせ、互いの感情を確認し合わなければ、繫がりというものは瞬《また》く間に絶たれる。高学年になる頃には、ヒナとはすっかり疎遠になっていた。ヒナだけではない。わたしはその友情の更新作業が億劫であり、苦手でもあった。人見知りの激しさよりも、そちらの方が大きな理由をしめていたのかもしれない。相手が誰であろうと、友情は長続きしなかったのだから。

だから、わたしが入院中だった五年生の頃、ヒナが病室を訪れたとき、わたしにあったのは大きな戸惑いの感情で、それはヒナも同じだったと思う。正確には、ヒナは彼女のお母さんに連れられてやってきた。あのとき、わたしは検査のためのコードをパソコンの配線みたいに身体中に取りつけられていて、それを眺められるのが恥ずかしくてたまらなかった。母親同士が話をしている間、わたしたちはほとんど目を合わせないで、お互いの距離を覗《うかが》っていた。彼女は男の子のように髪を短くし、背が高く大人っぽく見えた。

「この子ってば、最近はお菓子作りに夢中になっているのよ」

ヒナのお母さんがそんな話をしたとき、とても意外に思ったのを憶えている。お母さんにせっつかれるようにして、ヒナはベッドに近付いてくると、わたしと目を合わせないまま、少し頬を赤くしてこう言った。病室に入ってからの第一声だったように思う。

「チョコレート、食べられる？」

特に食事に制限をされているわけじゃなかったから、わたしは小さく頷いた。

「それじゃ、こんど作ってくる」

それから、ときどき、ヒナはお菓子を作ってお見舞いに来てくれた。

彼女はたんに、誰か第三者に自分の作ったものを食べてもらいたくて、たまたま、わたしがその実験台に選ばれただけなのかもしれない。

けれど、わたしは毎日のように病室の戸口を眺めて、もしかしたら今日もヒナが来てくれるんじゃないかって、彼女のことを待っていた。あの退屈で孤独しかない空間の中で、ずっとずっと、ヒナのことを待っていたように思う。

でも、ヒナの作るチョコレートは甘すぎて、わたしの口には合わなかったのだけれど。

＊

電球を換えないといけない。階段を登ろうとしたら、灯りがちかちかと瞬き始めていた。仕方なく母を探して、換えの電球があるかどうかを聞いた。買い置きしていないから、すぐに交換はできないという。階段を登るくらいなら、手摺《てす》りを摑んでいけば暗くても問題ない。これが部屋の電灯だったら、困る。だって、真っ暗な中では、なんにもできなくなってしまうから。自分の周囲に、目に見えるかたちで暗闇が存在することはない。眠るときは豆電球をつけっぱなしにしておくのが常だった。暗闇が怖い、なんていうあどけない感情を持っているわけでもなく、それは単純に儀式めいた陳腐化した習慣だ。電灯のスイッチに手を伸ばして、豆電球に切り替える。そうして橙《だいだいいろ》色の仄《ほの》かな光に包まれ、それを見返しながら幾度も寝返りを打ち、眠りに入る。たぶん豆電球がついていなくてもわたしは眠れるし、支障なんてないのだろう。完全な暗闇とは、どんなものだろうと考えながら、部屋に戻って灯りをつける。カーテン越しの窓の外には街灯があって、夜はいつも、そこから薄ぼんやりとした光が差し込んでくる。わたしの、この昏《く》れる精神とは相反して、いたるところに光は漂っている。ベッドに倒れ込んで、携帯電話を開いてみると、ヒナからメールが来ていた。ディスプレイの輝度が眩しい。

『今日、ユリが来たよ』

罪悪とは、どんなかたちをしているのだろう。きっとそれは、硬くて鋭利なものだ。この胸に押しつけることをしなくても、亡霊のように浮上するだけで、心に小さく罅《ひび》を入れていく。わたしは携帯電話を両手で持ち直す。スマートフォンだから、両手で扱わないとメールを打ちにくかった。時計を見ると、病院は消灯時間を過ぎている。迷いながら、文章を打った。

『ほらね、心配してるんだよ。すごく会いたがっていたもの。どんなこと話したの？』

意外にも、すぐに返信が届いた。

『あまり話が弾まなかった。あの子、なに考えているのかわかんなくて』

ヒナには、少しばかり気むずかしいところがあるから。

男の子のように凛《りん》とした表情と、他人を見定めるような切れ味を誇る双眸《そうぼう》は、見る人によっては近よりがたく孤高のように映る。中学生になると、人間の身体と顔付きはそのだいたいの方向性を定めてしまうというが、身体の仕組みが完成していくように、その精神の構造もまた、運命付けられるのだとわたしは考える。深海さんも、ヒナも、そういった意味では中学のときに既に完成されているのだ。

深海さんはヒナのことを見て、狼のような人だと言った。癖のある短い髪に、不機嫌なときの獰猛《どうもう》な目付きと、拗《す》ねたような唇のかたち。高い身長と相まって、たぶん、同性を惹きつけるようなクールな魅力が、ヒナにはあった。そんな彼女の趣味が、お菓子作りだというのだから、考えてみるとそれは少しばかりおかしくて、ちょっとした優越感のようなものに浸る自分が顔を覗かせる。

けれど彼女の纏《まと》う雰囲気は、誤って解釈されることも多々あった。なんだか怖い人、空気の読めない子、なにを話したらいいのかわかんない。教室の中で、そう浮いてしまうことも多かっただろう。わたしはヒナと同じ中学に入ったものの、三年生になるまで一緒のクラスになることはなかった。ヒナにはほとんど友達ができなかったように思える。そして彼女が心を許している相手は、深海さんただ一人だけだ。

深海さんは、お姉さんのような人だ。わたしたちと歳は変わらないのに、どんなときだって、いつの間にか人を和ませて、大丈夫だよと安堵させてくれる優しい眼差《まなざ》しを持っている。ヒナのことを、狼のような人だと言ったのは彼女だったし、狼のように見えるけれど、中身は寂しがり屋の甘えん坊、とすぐに見抜いたのもまた彼女だった。聡明であり、自由奔放。ヒナは彼女のことを、なにを考えているのかわからなくて、頭の中を覗いてみたいものだと言っていた。

『彼女と、なにかあったの』

わたしは、時間をかけてそう入力したメールを、送信する。

ヒナと深海さんとの間にある繋がりは、わたしの想像を遙かに超えるほどに強く、そして異質だ。

「ねぇねぇ、日光浴しない？」

と、黒板消しのクリーナーが立てる騒音を隠れ蓑にするように、深海さんは透《とお》る声で言った。去年の夏だ。わたしたちは深海さんに誘われて、何人かの女の子たちと一緒に、学校の屋上へ行った。日光浴が目的ではなく、そこでお昼を食べるためだった。

わたしたちの高校の屋上は、普段から閉鎖されていて入ることはできない。それなのに深海さんは、どういう手段を使ったのか屋上の鍵を入手してきた。準備万全と言わんばかりに、子供がピクニックのときに使うような、ミッフィーの絵柄のビニールシートまで用意してきて。

「大丈夫だよ。フェンスに近付かなければ、外からはわからないし、絶対にバレないから」

彼女は教室では優等生で通っているし、成績も良くて面倒見のいい性格をしている。ときどき、こんなふうに突拍子《とっぴょうし》もないことを言い出すなんて、先生たちには想像もできないに違いない。

深海さんはコンビニで買ってきた菓子パンを咥《くわ》えて、用意しておいたシートの上にごろんと大の字になって広がっていた。彼女の長い髪が流れるように青い水玉模様のシートに広がる。眩しい陽光は、深海さんの白い鼻筋と頬を照らしていた。新品のバケツの色みたいに澄んでいる青空の下で、わたしたちは他愛のない話で笑っていた。みんなから離れた隅の方で、ヒナは黙々とお弁当を食べていたけれど。

深海さんはパンを食べ終えると、あぁ、焼き肉食べたいなぁ、と大声で言った。みんなも食べたくない？　焼き肉。彼女の黒髪が、太陽の輝きを受けて煌《きら》めいている。天使のわっかみたいで、わたしは深海さんの髪がとても羨《うらや》ましかった。いつだったか、ヒナが言っていたから。わたしもあの子みたいに、長くてまっすぐな髪がいいなぁって、見惚れたように。

深海さんに問われたわたしたちは、そうだね、一緒に食べに行こうよ。お小遣いある？　夏休みにバイトでもして。そんなふうに言葉を返した。ヒナは相変わらず、黙々とお弁当を食べていた気がする。なんでこのクソ暑いのに、焼き肉なんて食べなきゃいけないの？　って表情をして。

お昼を食べたばかりなのに、いきなり焼き肉を食べたいという深海さんの言葉がおかしくって、わたしは大声で笑ってしまった。彼女は大の字になったまま言う。違うの。そうじゃなくってさ。うん、屋上で食べたいんだよね、焼き肉を。また突拍子もない言葉だった。屋上で？　どうやって？　っていうかなんで屋上なの？　みんなして次々に笑う。それってもうバーベキューじゃない？　誰かがそう言った。わたしは、外で食べる焼き肉とバーベキューの違いってなんだろう、とぼんやり考える。

深海さんは言った。この間さ、観た演劇でさ、屋上で焼き肉を食べるシーンがあったの。それがなんだか印象深くて。よくわかんないけどさ、屋上って不思議な空間でしょう。みんな開放的になれるっていうか、青空の下で夏の薫りを浴びながら、最高に美味しい焼き肉をみんなで食べるの。それって、すごく些細なことだけれど、しあわせだよね。

深海さんはそれから、猫のようにいたずらっぽい笑顔を浮かべて起きあがり、体育座りをする。陽光を浴びて、彼女の黒髪がきらきらと輝いていた。深海さんの視線の先には、黙々とお弁当を食べているヒナの姿があった。わたしは矢沢《やざわ》さんたちと話をしながら、いたずら好きな猫に見つめられた孤独な狼の姿を眺めていた。深海さんの視線に気が付いて、鬱陶しそうな表情を作るヒナに、深海さんは笑いかける。ねぇ、そのトマト、もらっていい？　と深海さんが聞いた。ヒョウのようにしなやかな動きで四つん這いになると、深海さんはヒナに身体を寄せる。お弁当箱にあったトマトを摘《つま》んで、無造作に自分の口に放り込み、そして満足そうに笑った。

そのときの、くすぐったそうに笑顔を浮かべたヒナの表情を、わたしは忘れられない。

他の誰にも見せることのない、ヒナの照れたような笑顔。眩しさに、溶けていくような。溶かされるような。

「ヒナも一緒に食べようね、焼き肉」

深海さんは、そう笑いかけた。

メールの着信音で、あの湿度の高い屋上の夏から、引き戻される。

手にしたスマートフォンに目を向ける。ヒナからだった。

『わからない。なんにもないよ』

ただ、そう書かれていた。

胸が、苦しい。

わたしはベッドの上で身をよじり、枕に頬を押しつけた。なぜだかわからないけれど、涙が溢れるかもしれないと思った。携帯電話を胸に押しつけるようにして、小さく呻《うめ》く。

ヒナ。

わたしは深海さんのこと、あなたに話さなくてはならない。

けれど、そのとき、きっとあなたは、わたしのことを赦《ゆる》してくれないよね——。

＊

授業終了のチャイムが鳴り終えない内に、ブレザーのポケットから携帯電話を取り出す。席が窓際だから、微かな冷気がサッシを伝って這うように流れているのを感じる。電源を入れている間、矢沢さんが寄ってきて、さっきの板書、写させて、と甘えた声で言った。わたしは溜息を漏らして、閉じたノートをもう一度開いた。自分の席でやればいいのに、矢沢さんは椅子を寄せて、いつものようにわたしの机にノートを広げる。中山《なかやま》先生は板書のスピードが速いうえに、そそくさと黒板を消してしまうので、ときどきこういうことがある。放出されるべき情報量と、それを紡ぐ速度とが、比例しているのだろう。矢沢さんのおしゃべりにしたってそうだ。止めどなく溢れる話題の数々と、目まぐるしく切り替わっていくコミュニケーション。わたしには、それがときどき羨ましく感じる。

携帯電話を開くと、メールを受信していた。ヒナからだった。

メール？　誰から？　と矢沢さんは無邪気に聞いてくる。わたしは少しばかり躊躇って、ヒナからだよ、と答えた。矢沢さんは、ああ、草野《くさの》さんかと頷くと、すぐに視線を落としてノートの写しに戻っていく。彼女はなんの関心も示さない。実際のところ、この教室にいるほとんどの子がそうなのだろう。ヒナの姿が教室から消えて、もう二ヶ月くらいになる。空っぽの席ができて、最初は驚き、戸惑う気配もあった。けれど、だからといってヒナの容態を気にかける子なんていない。空気が読めなくて、なにを話したらいいのかわからない、友達のいない子。そんな子のことを気にかける子なんて、誰もいないのだろう。もちろん、それはヒナの側にだって大きく問題がある。彼女は深海さん以外の人間とは、決して打ち解けようとはしなかったから。

深海さんだけがいればいい。それ以外の子なんて要らない。ヒナはよく、そういう態度を取っていた。それはお目当ての異性の気を惹こうとして、必死になって付きまとっている女の子たちのそれと、なんら変わることのない生態に見えてしまう。孤高という表現は誇張であり、虚構に過ぎない。ヒナの意識には深海さんただ一人が在って、それ以外の女の子たちのことは目に映ることがない。だって、その必要がないのだから。

知らず唇を噛みしめて、ヒナからのメールを読み返した。なにをしているの。忙しいの。勉強はどんなことやってるの。なにか面白いことあった？　画面に躍るのは、そんな陳腐すぎる内容ではあったけれど、普段の彼女からは想像もできないほどに、そこには孤独の影が滲み出ている。

病院で過ごすヒナのことを考える。

わたしが入院していたときは、毎日が退屈で仕方なかった。

いつも、あの白いベッドに横になってぼうっと過ごしていると、堪《こら》えようとしても、必ず寂しさが胸の奥底、身体全体の芯から、きゅっと震えるように込み上げてくる。この世界で、わたしだけが一人なのだと錯覚してしまうほど、鮮烈な孤独の衝動。わたしの存在を無視して、世界が、学校が、クラスメイトたちが楽しそうに日々を過ごしている。そんな日常風景を想像してしまって、たまらなく嗚咽《おえつ》が溢れた。

ヒナも、同じ気持ちなのかもしれない。

小学校のときの、遠足のことを思い出した。まだ、ヒナと親しくなる前のことだ。

わたしは子供心に、初めての遠足に行くのを楽しみにしていた。仲の良かった女の子がいて、その子と一緒の班になり、喜び合ったのを憶えている。自由に選べるバスの席も、その子と一緒に二人並んで座ることになっていた。けれども遠足の当日になって、わたしは酷《ひど》い熱を出してしまった。もちろん遠足には行けなくて、一人でぽつんと暗い部屋の天井を見詰めていた。身体中がだるくても、酷い頭痛に襲われていても、それでもわたしはそのことで苦しまなかった。わたしを苦しめたのはただの孤独だった。とても暗くて静かな。

部屋にはわたしが一人きり。熱を出して呻いても、誰も手を差し伸べてくれない。誰も語りかけてくれない。働きに出ている母も、側《そば》にはいてくれなかった。そんなときに、けれどもクラスメイトたちは、バスに乗って楽しそうに笑い合っている。初めて行く地に心を躍らせて。眩しい夏の陽射しに眼を細めて。持ってきたお菓子を見せ合い、シートにお弁当箱を広げて。それを想像すると、涙がぽろぽろと零《こぼ》れて、わたしは声を上げて泣いていた。涙を流す度に、痛みに襲われる。それは頭痛とは違う。ただ、胸の奥が——。きゅっと軋《きし》むように。

叩きつけられたみたいに。

次の週になって、作文の発表会があった。テーマは遠足についてだ。わたしはもちろん、なにも書けなかった。一緒にバスの席に座るはずだった女の子が、席を立って、作文を元気な声で読み上げる。わたしはそれを後ろの席で、俯《うつむ》いたまま聞いていた。ただじっと。内容はよく憶えていない。ただその作文には、わたしのことなんて一言も書かれていなくて、彼女がどれだけ楽しい時間を過ごしていたのか、それだけがひたすらに輝かしく綴られていた。わたしはそのとき、泣かなかった。泣くのを我慢して、ずっと俯いたまま、歯を食い縛り、家に帰った。

どうしてだろう。今、そんなことを漠然と思い出して、喉の奥がからくなる。ずっと下、胃の辺り、そこが暴れ出すみたいに痙攣《けいれん》して、わたしはあのときのように唇を噛んだ。瞼を閉ざして開くと、雫《しずく》が目尻を流れていく。まるで遠い過去に堪えていた涙が、今頃溢れてきたみたいに。

教室の喧噪の中で、ひっそりと涙を拭う。声が出ないように唇を噛んだ。矢沢さんが、ノートの上にシャーペンを滑らせている。すぐ近くの女の子たちのグループが、なにかの話題で笑っていた。その声に、わたしの呻きは掻き消される。

いつだって、そう。

わたしの小さな呻きは、誰にも届かないで、喧噪に掻き消される。誰かに届く前に、消えてしまう。

叫びたい。

けれど、なにを?

『最近、あまり来てくれない。忙しいの？』

メールの最後に、そう書かれていた。わたしはこの一週間、ヒナの病室に足を運んでいない。なんて最低な仕打ちだろうと、自分を罵《のの》りたくなる。彼女は独りなのに。彼女はきっとわたしよりも、ずっとずっと寂しいだろうに。

けれど、大きな躊躇いが――。大きな嘘と、大きな罪悪が、わたしの心を締めつけて、足を踏み出す勇気を打ち砕く。

ヒナ。

どんなに迷っても、答えは一つだった。

わたしも、あなたに会いたい。会いたいんだよ。
『今日は、放課後、行けそうだから、待っていて』
何度も躊躇って、メールにそう打ち込んだ。
いつまで、続けられるんだろう。
いつかは終わりにしなくてはならない。
いつかは、この絆を切り捨てなくてはならない。
それはなんて絶望だろう。

*

バスに揺られている間、深海さんのことを考えていた。私鉄に乗り換えるために降りた駅で、ワゴンに堆《うずたか》く積まれたラッピングの色彩を眺めていたせいだろう。チョコレートを包み込む包装紙の滑らかな感触が、指の腹の皮膚に甦るようだった。深海さんは赤い糸の話をしていた。男女の間を結ぶという、あの運命の赤い糸の話だ。あれは、中学生のときだと思う。ねぇ、ヒナ。と、深海さんは言った。夕暮れの、二人の他には誰もいない教室で。そよ風にカーテンがそっと膨らんで、しばらく停滞していたあと、緩やかに窓に吸いついていく。その短い時間の間、わたしは呼吸するのを忘れたみたいに、教室へ踏み入れようとしていた足を止めていた。半開きのドアから覗《うかが》える、二人並んだ背中の距離は、風の通り抜ける隙間もないくらいに狭いように感じられた。深海さんはヒナの机の隣に椅子を運んで、寄り添うみたいに彼女の傍《かたわ》らに腰掛けている。深海さんは言う。赤い糸って、あるでしょう？　あれって、男女の間にしか、ないのかなぁ。彼女の言葉に、ヒナは、はぁ？　と素《す》っ頓狂《とんきょう》な声を漏らして笑った。なに言ってんの。そんなの信じちゃってるわけじゃないでしょ？

もし、二人の間に糸があるのだとしたら、とわたしは考える。

バスが停車して、ブザー音が鳴った。慌てて下車すると、吐く息はとても白かった。マフラーに顎を埋めるようにしながら、大きく聳《そび》える病棟へと駆け足で向かった。赤の鮮やかさ、糸の強度。運命の材質は、どんなものだろう。触れれば指が切れてしまいそうなほど、鋭く強固なものだろうか。どちらにせよ、それはわたしの想像を大きく超えたものに違いない。

ヒナの病室に着くまでには、陽はすっかり落ちてしまっていた。窓の外は暗く、心なしか病棟の廊下も、死んだように静まり返っている。わたしは戸口から、そっと病室を覗《うかが》う。ヒナはベッドに身体を起こして、膝を抱えるようにして震えていた。青白い彼女の唇が痙攣し、歯がゆそうに噛みしめられる。ヒナ。わたしは声を漏らしそうになり、けれど空気だけを吐いて、慌てて彼女のベッドに駆け寄った。ヒナ。どうしたの。ヒナ。具合悪いの？　大丈夫？　彼女は何度かかぶりを振って、苦しそうに呻いた。わたしはナースコールを探して視線を彷徨わせる。「スズ」ヒナが呻く。苦しげに、悲しげに。「スズ。助けてよ、スズ……」

わたしは両手で、ヒナの指先を包んだ。大丈夫。ここにいる。ここにいるよ。ヒナ。そう伝えたいのに、言葉は出せない。情けなく唇が中途半端に開いて、空気を震わせるだけ。

もう片方のヒナの手が、なにかを探し求めるように虚空を彷徨う。点滴の痕が残る痛々しい甲。その指先がわたしの頬を掠めた。わたしは悲鳴を上げそうなほどに怯えて、必要以上にヒナの手を握りしめる。片手を伸ばして、ノートパソコンのスリープを解除した。なにか入力しなければ。なにか伝えなければ。早く。

『どうしたの』

狂ったように、わたしの指先がチョコレートの板の上で躍り、何度も何度も失敗して、ようやくそう打ち込むことができた。ヒナは上体を起こしたまま、肩を震わせて嗚咽のように言葉を零す。

「わからない。わからないんだ」たどたどしく、逡巡《しゅんじゅん》しながら、そう言った。「岡本《おかもと》さん、死んじゃったんだって。昨日、具合悪くして、病室移ったって。それで、今日、死んじゃったんだって」

僅《わず》かな間、岡本さんというのが誰のことなのかわからなかった。すぐに、ヒナの隣のベッドががらんと空いていることに気付いた。そこにいた三十代の女性の名前が、岡本だったような気がする。

肩を震わせながら、ヒナは訥々《とつとつ》と語った。

「元気だったのに、死んじゃったんだ……。死んじゃったんだよ。なんでだろう、どうしてだろう。ねぇ、スズ。わたしも、死んじゃうのかな……。よくわからないけれど、一人で考えていたら、急に怖くなって、震えが止まらなくなって——」

大丈夫、と口にできれば良かったのに。

五指を絡ませて、ヒナの手を握りしめる。けれど、足りない。もどかしい。この気持ちはなんなのだろう。わたしは深海さんとは違う。わたしは赤い糸なんて信じないし、その材質を理解できないはずなのに。それなのに、だめだ。だって、足りない。圧倒的に不足している。コンピューターに打ち込まれた文字で、なにが伝わるというの。ずっと、手を繋いでいたい。あなたと触れ合ったまま、あなたと心を通わせたまま、言葉をかけてあげたかった。大丈夫だよと、そう告げたかった。

わたしは片手を外して、人差し指で、一つ一つキーボードの文字を打ち込んでいく。

『大丈夫。大丈夫だよ』

ヒナの重さが、身体に伝わる。彼女の額が、わたしの鎖骨の辺りを柔らかく刺激していった。わたしはキーを打ち終えた腕を持ち上げて、おずおずと彼女の癖のある髪に触れ、撫でていく。震えが静まるように。寂しさが、消えるように。

狼のような彼女。

けれど、本当は寂しがり屋で甘えん坊のヒナ。この狭くて冷たい病室がもたらす死の気配は、彼女の孤独に更に拍車をかけているのだと思う。あのとき、わたしが泣いていたときみたいに。わたしは知っている。ヒナのほんとうの姿を。ヒナの弱いところを。ヒナの寂しい気持ちを、誰よりも、わかっている。わかっているから――。

それでも。

わたしがあなたを騙している。この罪からは決して逃れられない。

繋がっているはずなのに、手が触れているはずなのに、届いているはずなのに。

反して、どんどん、離れていく。失われていく。

わたしたちは、胸に開いた穴を埋めようと、必死になって土を被せているのに。この味は、とても苦くて、しゃりしゃりとしていて、酷くしょっぱかった。

ヒナは少しの間、震えていた。スズ、どうして来てくれなかったの。罵るわけでもなく、ただ苦しげにそう呻いていた。わたしは、ごめんなさいと、そう口にすることすらできないまま、彼女の髪を撫でつけた。

になる。

「ごめんね、わがまま言って――。でも、わたしには、スズしか――」

その言葉に、心を切り裂かれそうになる。踏み潰されそうになる。耐えきれずに、嗚咽しそう
泣かないでよ。

病院の匂いと、チョコレートの薫りは、涙の味を思い出させる。あの頃と、本当に真逆だ。入院していたとき、病院の中だというのに、風邪を引いて高い熱を出してしまったことがある。酷く魘《うな》されて目が覚めると、幼かったわたしは病室のあまりの静けさに、無性に悲しくなって泣き出してしまった。まるで世界が終わってしまったかのような悲しさに押し潰されそうになり、ひたすらに泣き喚いた。帰りたくて帰りたくてたまらなかった。見舞いに来てくれる親しい子がいないとしても、学校に戻りたくて仕方なかった。お母さんと一緒に眠りたくて、早くこんな悪夢は去ってしまえばいいのにと、大声で泣き続けた。

「泣かないでよ」

ふと、そう声が降ってきた。わたしの額に、ぽんぽんと柔らかな感触が当たる。眼を開けると、女の子の小さな手が慰めるように、けれどぎこちなく不器用に、そっと額を撫でているのだとわかった。傍らの椅子に腰掛けて、困ったような表情でわたしのことを覗き込んでいる女の子の姿を見つける。大声で、わたしは叫んだ。ヒナちゃん。ヒナちゃん。ヒナちゃん、ヒナちゃん、ヒナちゃん。泣きじゃくり、看護師さんたちがやってきて大騒ぎになっている間も、ヒナはわたしの額をぽんぽんと摩《さす》ってくれていた。もうすぐ、お母さん、お仕事が終わるってよ。ねぇ、チョコレート食べる？　彼女はそう言って、ニコっと笑う。

『泣かないで、ヒナ』

今はもう、過去とはなにもかもが違ってしまっている。わたしたちは、二度と取り戻せないものを失ってしまった。その傷は、これからも、きっと癒えることがない。

泣かないで、ヒナ。

だからこそ、言葉に出して、あなたにそう告げたかった。

ぬるま湯のように温かで柔らかな時間は、瞬く間に過ぎていった。彼女が眠ったのを確認して、そっと病室を抜け出す。面会時間も、きっとそろそろ終わりだろう。

廊下を歩く途中で、ヒナのお母さんに会った。

「話しておきたいことがあるの」

お母さんにそう誘われて、わたしたちは自動販売機のある休憩所のところまで歩いた。ヒナのお母さんは、わたしに紅茶を一つ買ってくれた。自分がなにに怯えていたのかはわからない。ただ、熱い液体が充填されている缶が、自動販売機の中で重たく落下し、鈍く衝撃音を放ったとき、わたしは小さく身震いした。

その紅茶の缶を掌で包み込みながら、ぼんやりとした頭で、お母さんの話を聞く。

「完治する可能性が、充分あるんですって」

そう、言われた。

どう反応していいのかわからずに、熱すぎる紅茶の缶がわたしの脆弱な掌の肌を、じっくりと焦がしていくのを感じ取っていた。指の先から全身が、爛《ただ》れていくように。

「まだ先のことだとは思うけれど……。言っておく必要が、あると思って」

ヒナのお母さんはそう言うと、それに、いつまでもこんなこと、させられないものね、と呟く。

わたしはヒナのお母さんに、なんて答えたのだろう。わからなかった。良かったですね、と言ったのかもしれない。あるいは、なにも答えることができなかったのかもしれない。こんなこと、とお母さんは言う。確かにその通りかもしれない。わたしも、そう感じていたことは否定できない。たとえ、そのぬるま湯に自分の身体が沈み込み、溺れていくのを想像できていたとしても。

缶の口を開けられないまま、コートのポケットに押し込んで、わたしは病院のロビーを抜け出していた。バスが捕まらなくて、ひたすらに、冷たい空気の中を駆け抜けた。

どんなに温かく、心地よい熱に身体を包まれていても、そこから飛び出せば、あとは冷気に体温を奪われ、纏わりつく水気に凍らされるだけ。

そう。知っていた。

知っていたんだ。

いつかは、こんな日が来るんだってこと。

ずっとずっと、嘘を貫き通すなんてこと、できるわけがない。

知っているはずだった。わかっているはずだった。

それなのに、なんでだろう。どうしてだろう。

叫びたかった。

泣きじゃくりたかった。

この絶望を、声にしたい。

この気持ちは、なんなのだろう。いったい、なんて名前を付けたらいいのだろう。

滲む涙を振り払うように、夜の道を走る。吐息は白く、街灯の眩しい光もまた、涙と同化して白濁していた。

「ヒナ……。ヒナぁ……」

声が、出た。
わたしは唇に言葉を乗せて、夜の空気に、この身を溶かし込んでいく。
ヒナ。ヒナ。彼女の名前を繰り返し呼んだ。
あなたの傍ら。あなたの隣。
もうそこにはいられない。いつまでも続けられない。
二月。
夜の街は、バレンタインの空気に色濃く染まっている。

*

矢沢さんたちは、手作りのチョコレートを持ち寄って、みんなで交換するという。去年と同じように、いつの間にかわたしの名前も頭数に加わっていた。誰が期待するわけでもないのだろうけれど、一方的にもらうのは性に合わない。律儀というわけでもなく、そういう性格なのだろう。ただ、慎重なのだった。そんなくだらない理由で、自分の立場を危うくしたくないという些細な動機。
チョコレートの板は冷えすぎていて、包丁を差し込む隙間を、なかなか与えてくれない。ようやく刃が食い込んでいくと、まるで皮膚を裂いていくみたいな感触と共に、鈍い刃がまな板を打った。母の冷やかしの声は、いつの間にか途絶えている。すぐに飽きたのだろう。湿った指先が包丁の柄を強く握りしめて、台所を満たす冷気にひんやりと震える。食べるものを作る、というのは不思議な行為だ。だって、こんなふうに、人を殺すことのできる道具で食材を裂いて、砕き、熱する。可愛らしくリボンで包まれた包装紙の中身は、攻撃的な衝動の結晶だ。骨を砕くように、肉を裂くように。包丁がまな板を叩く度に、チョコレートの端が細かく散っていく度に、身体に小さな振動が走って、胸にできた傷に、より深く亀裂を入れていくような気がする。そう、女の子同士でチョコレートを交換するなんて、当たり前のことじゃないの？

ヒナとの関係が決定的に壊れてしまったのは、あの中学二年生のときのバレンタインだったように思う。彼女に対して、密かに憧れる女の子たちがいる中、狼のような彼女の趣味が、お菓子作りなんだということを知っているのはわたしだけだった。中学生になっても、ヒナはときどき、手作りのお菓子をわたしに食べさせてくれた。わたしは彼女の作ってくれる、甘く蕩《とろ》けそうなトリュフの食感を気に入っていた。だから、と思った。もしかしたら、ヒナはバレンタインの日に手作りのチョコレートをくれるかもしれない。そうでなくても、日頃のお返しに、わたしが彼女にチョコレートを作ってあげるのは、きっと自然なことだろう。友達に振る舞うことはあっても、誰か一人のためにチョコレートの板を切り刻んでいくのは、初めての経験だった。自然と、なにもかもが凝るようになっていく。例えばリボンの色。例えばチョコレートを入れる箱のかたち。大きすぎてもいけない。小さすぎてもいけない。程よく、けれど、少し特別なんだってことが伝わる程度には、可愛らしく。

ピンクのラッピングは、もしかしたら派手だったかもしれない。男子に渡すものなんだと勘違いされるのが怖くて、鞄の中からそれを取り出すことが躊躇われた。離れた教室のヒナを見つけることも難しく、結局のところ、わたしのチョコレートは放課後まで鞄の中で眠っていた。渡すことができたのは、帰り道の、夕焼けに染まった狭い道の途中でだった。こぢんまりとした住宅が並んでおり、その間を縫うように、狭苦しい通りが裏道みたく延びている。左右の景観を植え込みで囲まれているような退屈な路地で、そこを歩くヒナの背中を見つけた。わたしは慎重に言葉を選んで、なんでもないことのように、本当にさりげなく、鞄の中からチョコレートを取り出した。けれど、やはりさりげなく取り出すには、ピンクのラッピングは派手すぎた。

「ごめん。そういうの、なんていうのか。みんな、女同士でしてるけれど、なんだか気持ち悪いじゃん」

彼女は軽く笑うと、片手を振って拒絶を示した。

寂しがり屋で甘えん坊のヒナは、そういうところだけ、とてもクールだ。

べつに、そんなつもりじゃない。誤解だと伝えたかった。けれど彼女の口にした、気持ち悪いという言葉は、わたしの舌を急激に乾かしていって、なんにも言えなくさせてしまう。ただ、いつものお返しを、したかっただけ。べつに、そんな、ヒナの考えるような気持ちなんてどこにもない。わたしは、だって深海さんとは違うのだから。

それなのに。

わたしはそのときに、なにかを失ってしまったような気がする。

均一に切り刻んだチョコレートの切れ端。なにもかも切り刻んで、細かく小さくできればいい。大きすぎると、だめなんだ。何事も、程よいサイズがちょうどいい。指にこびりついたチョコレートの滓《かす》を舐めとると、それは甘くも苦くもなかった。ただ、ねっとりとした感触が口内に浸透していった。

あのときチョコレートを渡したのが、わたしではなく深海さんだったら。

細かく。細かく。

深海さん。深海さん。呪いの言葉を呟くみたいに、わたしは繰り返す。その問いの答えを知りたいような気がしたし、耳を塞いだままでいたい気がした。刻んだチョコを、ボウルに移す。これは、単純に嫉妬だ。唐突に、そう気が付いた。

　蛇口を捻り、流れる冷水に指先を晒《さら》す。

　そこはあまりにも冷たくて、零れる吐息すら震えて凍り、静かにシンクの中を落ちていった。

＊

　ヒナは眠っている。青白い頬も、重く閉ざされた瞼も、凍結した時間の中で、置いていかれたように微動だにしない。

　久しぶりに訪れた病室は、取り立てて大きな変化がないように見えた。隣のベッドは新たな患者を迎えたらしく、当人の姿はなかったものの、乱れた毛布や荷物らしいいくつかの紙袋がそう教えてくれた。この病室は静かだ。隅のベッドでは携帯用のテレビを観ている年配の女性がいたが、音声はほとんど聞こえてこない。おしゃべりもなく、ときどき誰かが呟き込む他は、祈りを捧げるものたちが集う修道院のように静謐《せいひつ》だった。

　ベッドの脇に、松葉杖があることに気付いた。リハビリをしている、と言っていたから、もしかしたら自分で立てるようになったのかもしれない。メールのやりとりでは、そんなことは一つも書かれていなかったので、わたしは微かな安堵を感じた。けれど、立てることと、一人で歩けることは、必ずしも等しくはないのだろう。

　わたしは椅子に腰掛けて、ノートパソコンのスリープを解除した。当然ながら、ヒナがネットをしていた痕跡はない。いつでも会話ができるようにアプリの準備をして、眠る彼女のことを、静かに見守った。

しばらくの間、思考の海に浸っていた。遠い思い出を散策するように、とらえどころのないなにかを探ろうと手を伸ばして。それは、水面にたゆたう固形入浴剤に似ている。徐々に溶解し、気泡を吐き出しながら、今にも消え去ろうとしている。小さく溶けてしまった塊《かたまり》を、掌ですくい取ることは難しい。摑みかけては、また離れて、逃げていく。

「スズ……？」

声がして、わたしはそれを摑みきれないまま、現実に立ち返る。ヒナはぼんやりとした表情で、荒れたままの唇を開いていた。いつの間にか起きていたようだった。彼女を安心させようと、わたしはその手に触れた。わたしの指のかたちと、冷たい肌の感触を伝えて、キーボードに文字を打ち込んでいく。どんな文章にするかは、あらかじめ考えてあった。

『今日は、バレンタイン。チョコレート、持ってきたよ』

そう、とヒナは呟いて微笑んだ。わたしは彼女から手を離して、鞄の中に仕舞っていたチョコレートの箱を取り出そうとした。けれど、ヒナはわたしの手を摑んだまま、離そうとしなかった。

「夢を見ていたんだ」ヒナは言った。「夢の中で悪夢に魘されて、目が覚めるんだけど、目が覚めてもそこは怖い夢の続きなの。何度も何度も、目が覚めて、安心して、けれど、裏切られるんだ。終わらなくて、終わらなくて……、怖かった。けれど、スズがいてくれて良かった」

そう告げるヒナの手は温かかったけれど、仄かに震えてもいた。わたしは彼女の、痕の残る手の甲を人差し指で撫でていく。安心して欲しい。そう伝えたかった。大丈夫。怖い夢はもう去ったから。だから、怯えないで欲しい。わたしを置いて、いなくならないで欲しい。

わたしは、あなたがいてくれれば、それでいいから。

冷えた掌で、彼女の手を包み込んでいく。指の先がヒナの細く骨張った手首に触れた。そこをとくとくと流れていく弱々しい命の脈動を感じ取る。白い肌に青白い血管が浮き出て、あなたの身体が、まだ生きているのだということを、わたしに伝え続ける。だめだ、と思った。彼女の手首に走る傷の痕を、何度も何度も拭うように、優しく慈しむように、わたしの指がなぞって動いていく。スズ、と不思議そうに彼女が声を上げる。だめだ、と思う。あなたの傷。こんなにも弱くなってしまった、あなた。無理もないかもしれない。仕方ないことかもしれない。けれど、それでも——。事故で眠り続けて、目が覚めて絶望を知り、衝動の赴くままに命を絶とうとしてしまった、あなたの震えが、掌に強く強く、伝わる。だめだ。ヒナ。そう呼びかける。ヒナ。いなくならないで。いなくならないで欲しい。

「スズ、どうしたの——。ねぇ、スズのチョコレート、食べたいな」

嗚咽を堪えながら、俯きひたすらに耐えた。だめ、せめて、もう少しの間くらいは。いつまでも続かないとわかっていても。いつまでも騙せないと知っていても。たとえ、そのとき、わたしの役目が終わって、棄《す》てられてしまうのだとしても——。

わたしは微笑んで、あなたにチョコレートを手渡さなくてはならない。

ヒナの手を離す。鞄から、チョコレートを取り出した。あのときチョコレートを渡したのが、わたしではなく深海さんだったら。その疑問が浮き上がり、そして洪水のようにわたしの心を押し潰していく。だめだ。堪えきれない。泡のように弾けて消えていく、わたしが探し求めている答え。そう、わたしは、わたしを見て欲しい。もう、これ以上は耐えられなかった。わたしは、わたしの声で、あなたのことを——。

ヒナ。

わたしは呟く。あなたの名前を。わたしが悲しんでいたとき。寂しかったときに、いつも側にいてくれたあなたの名前を――。ヒナ。ヒナ。

「ヒナ……。ヒナ……、ヒナぁ……」

嗚咽した。子供のように涙が溢れて、次から次へと頬を伝って落ちていく。すぐに視界が淀んでいき、なにもかも見えなくなる。わたしは呻きを堪えながら、チョコレートを抱えて肩を震わせ続けた。ヒナ、ヒナ、ヒナ。彼女のことを呼び続ける。ごめんなさい、ヒナ。神様、ごめんなさい。ヒナちゃん。ヒナちゃん。ヒナちゃん。幼かった、あのときみたいに、わたしは泣いていた。

「スズ――?」

雫が溢れて落ちると、一瞬、視界が鮮明になる。唇の震えを感じながら、彼女を見た。

なにも捉えることのないヒナの双眸が、求める姿を探そうと、虚空を彷徨っている。

けれど、あなたの求める人は、もういない。

わたしたちが失った、もっとも大切なもの。

深海鈴音《すずね》は、亡くなったのだから。

＊

あの事故でわたしたちが失ったものは、いくつもある。ヒナは視力を失い、一ヶ月の間、意識を取り戻さなかった。そして事故を間近で目撃していたわたしは、一時の間だけ声を失った。失声症、というらしい。失われたその他のものに比べれば、わたしの傷は大したことがなかった。実際に、僅かな時間の経過と共に、取り戻すことができたのだから。

暗闇に囚われたヒナは、意識を取り戻してすぐに自殺を図ったという。もちろん、病院内でのことだから、大事には至らなかった。暗闇から逃れられないということが、どれだけの絶望を与えるものなのかは、想像することしかできない。けれど、あんなにも孤高に振る舞っていたヒナの心を、容易《たやす》く壊してしまうほどには残酷だったのだろう。ヒナのお母さんは深海さんの死を告げることで、彼女に更なる精神的な追い打ちをかけてしまうことを躊躇った。それを防ぐ方法が決して賢いものだとはわたしも考えていない。むしろ愚かなことだと思う。けれど、ヒナのお母さんに提案された方法を、わたしは快諾した。深海さんのご両親も、納得してくれた。ちょうど、わたしが声を失っていたのも、偶然に後押しされたことになるのだろう。わたしと深海さんでは、声の違いはあまりにも明白だったから。

最初はもっと、軽い気持ちで引き受けた。ときには弱々しく震えるヒナを醒めた目で見ていたこともあった。わたしの言葉に一喜一憂するヒナに高い位置から哀れみの情を抱くことすらあった。

ヒナの支えになるのなら、それでいいと思っていた。わたしは彼女たちのことを近くでよく見ていたから、キーボードを通してコンピューターが読み上げる音声越しにだったら、会話にも不自然さは生まれないだろうと思っていた。でも、いつからだろう。ほんとうに、いつからだったのだろう。深海さんのフリをして、あなたの側に、あなたの傍らにいる内に、堪えきれないほどに積もった感情の澱《おり》が決壊して、わたしたちの間にあった偽りの関係に、罅を入れるようになったのは。

だって、耐えられない。わたしが泣いていたときに、側にいてくれたのは、あなたなのに。あなたが悲しんでいるときに、わたしはわたしでいられない。深海さんのフリをして、わたしの言葉を黙らせて、あなたを騙し続けていくなんて――。徐々に徐々に、わたしは深海鈴音として、あなたに会いに行くことができなくなった。それが、あなたを苦しめることになっても。

ヒナちゃん。ヒナちゃん――。

わたしが嗚咽し、震えている間にも、ヒナは呼び続けていた。スズ、スズ？　けれど、徐々にその言葉は薄らいでいき、やがて彼女の唇を沈黙が閉ざす。わたしはしゃっくりのように震える喉を押さえながら、彼女に目を向けることができないで、ひたすらに堪えていた。罵られてもいい。殴られてもいい。だから、お願い。ヒナ。いなくならないで。もう、そんな馬鹿なことは、考えないで。

「ごめんなさい」わたしは繰り返した。同じ言葉を何度も。「ごめんなさい。ヒナ、ごめんなさい。わたしっ、わたしっ……」

いくつもの視線を感じる。きっと、病室にいる患者たちが、何事かと目を向けているんだろうと思った。わたしは溢れる涙をせき止めようとするみたいに、掌を押しつける。

苦しげに、震えるように、声がした。

「ユリ――」

息を飲んで、瞼を閉ざす。

ヒナは、何十分もの間、黙っていた。そう感じられるくらいには、時間の流れを遅く感じた。

わたしは、なんの言い訳もできないで、ひたすらに涙を堪える。

けれど、あまりにも静かだったので。

わたしは怖々と眼を開けた。虚空を、ヒナの手が彷徨っていた。なにかを求めるようだった。

わたしは彼女の、その力ない指先に、濡れた手を触れさせる。電気が走ったらどうしようと、馬鹿なことを考えた。

「ユリ――。スズ、は……？」

力なく、ヒナが問う。わたしは唇を震わせた。

「深海、さんは……」

だって、なんて答えればいいの。

彼女は死にました。あなたを置いて。あなただけを生かして。

あなたがさっきまで会話していたはずの深海鈴音は、すでに亡くなっていて、葬式もとっくに終わってしまっている、だなんて。

「そう」

けれど、ヒナはわかってしまったようだった。青ざめた表情をして、その唇を噛みしめている。

「ずっと……。ユリ、だったんだね」

「ヒナ、わたし……。わたしは……」

わたしは――。

わたしは、なんだろう。なんなのだろう。なにを伝えたいのだろう。

ようやく――。声を、出せるようになったのに。

自分の声を、発することが、できるようになったのに。

伝えるべき言葉が、見つからなかった。

「出て行って」

冷たく遮《さえぎ》るヒナの言葉が、やけに強く胸を走り抜ける。

自分の中にあった、小さな滓が、それすらも泡になって、溶けて消えていく。

ぶくぶく、ぶくぶくと、身体が沈んで、凍てついていく――。

「もう、出て行ってよ……」

ヒナのなにも映さない瞳が濡れそぼち、流れ星みたいに、いくつもいくつも、頬の輪郭を伝い落ちていく。

「出てって！」

わたしはチョコレートと鞄を摑んで、病室を抜けて走った。空気を求めて喘《あえ》ぐようにしながら、涙を必死に堪えた。廊下を駆けて、階段を降りて、病院のエントランスを抜ける。もう、だめだった。

ベンチのある方へ駆け足に向かい、そこに腰掛けて、泣いた。

子供のように、泣きじゃくった。

もう、子供じゃないのに。

こんなにも声を出して泣くことがあるんだ。

こんなにも叫んで、こんなにも声を発して、それなのに、どうして悲しいのだろう。

やっと、やっと、わたしは、わたしの声で――。

救急車のサイレンが近付いてくる。わたしの慟哭《どうこく》は容易くかき消されて、慌ただしい喧噪の渦が遠くを過ぎ去っていくのを感じた。看護師の女性が声をかけてくるが、わたしは答えられず、みっともなく泣き喚いて、かぶりを振ることしかできない。冷たい風が吹きつけて、髪を乱暴に撫でつけていく。どれくらい、そうしていただろう。何人のひとに、声をかけられただろう。

長い間、痛んだ脚を休めるように、ベンチに蹲《うずくま》り、泣きじゃくっていた。

「泣かないでよ」

声が降ってきた。

顔を上げると、酷く寒そうな寝間着姿のヒナが立っていた。

肩にかかっているカーディガンが、吹きつける風に揺らめく。

「ヒナ……」

わたしは、あなたの名前を囁《ささや》くのが、やっとだった。

おねがい。ヒナ。

いなくならないで。

ヒナは、しばらくあらぬ方向に顔を向けていた。風を感じるように。それから、まっすぐに五指を伸ばすと、わたしの方へと、その指先を近付ける。

「ほんとうは」

ヒナが言った。彼女は松葉杖をついて、苦しげな表情を浮かべて立っていた。ここまで、歩いてきたのだろうか。わたしは呆然と彼女を見上げていた。歩いて。けれど、どうやって？　すぐ後ろに、看護師さんの姿がある。だからといって……。

「ほんとうはね」ヒナは繰り返す。その目元は赤く腫れていた。「知っていたよ」

「どうして……」

わたしは掠れた声を漏らす。

「わかるよ。指が、違うもの。手のかたち……。スズのも、ユリのも、わかるから」

けれど、とヒナは言った。とたん、表情が崩れて、呻くように泣いた。看護師さんが、慌てて彼女の身体を支える。

「だって……。認めたく、ないよ……。そんなの、気付きたく、なかった……」

わたしは立ち上がり、ヒナの身体に手を伸ばす。震えていて、今にも風邪を引いてしまいそうな華奢《きゃしゃ》な身体を抱いた。日向の匂いがした。泣かないで。ヒナ。

わたしは呻く。泣きながら。声に乗せて。伝える。

「泣かないで、ヒナ」

わたしたちはしばらく、互いに倒れそうな身体を抱き止めて啜り泣いていた。涙を流したところで、失ったものを取り戻せるわけではないのに。それでも泣かずにはいられなかった。あなたとこの悲しみを共有したかった。深海さんのことを想って、涙を流していたかった。

「ここは寒いですよ」

看護師さんが静かな声で言う。

わたしたちは頷き、震える声で言った。どちらともなく。

「バーベキューのできる季節じゃないね」

だから、もう少し暖かくなったら――。

その言葉は、けれど言葉にしなくても伝わったのかもしれない。ヒナはわたしの肩に額を押しつけて、何度も頷く。

「ねぇ、ユリ。チョコレートをちょうだい」

わたしはコートのポケットを探り、その箱を取り出した。中身は少し崩れてしまっているかもしれない。ここに。ここにあるよ。わたしはヒナの身体に、その箱を押しつける。彼女の指先が、チョコレートの箱を摑まえようと、その上で彷徨うように躍った。

"Seejungfrau" ends.

狼少女の帰還

Return of the wolf girl

「おはようございます」

と言うと、

「おはようございます！」

とても大きな木霊《こだま》が返ってきた。教室の中が震えそうだ。

こちらも負けじと、大きく息を吸い込んだ。まるで自分も子どもになったようだと思う。

「三枝琴音《さえぐさことね》といいます。今日から三週間、このクラスで一緒に勉強します。みんなと仲良くさせてください。よろしくお願いします」

すると、また、

「よろしくおねがいします！」

と、大合唱が返ってきた。

空気の震えが、耳朶《じだ》をじんじんと打つようだった。琴音はいつの間にか緊張で止まっていた呼吸を再開するように、大きく息を吐いた。子どもたちを相手に緊張するなんて、ほんの少しだけ自分を滑稽《こっけい》に感じる。

好奇心に満ちた瞳がたくさん。きらきらと輝いて、琴音のことを見つめている。半ば机に身を乗り出している子。今にも立ち上がりそうな子。ぽかんと口を開けている子。すました顔の女の子。赤い頰をふっくらとさせている男の子。みんな様々な様子ではあったけれど、琴音を見つめる瞳の純度はどれも同じだった。まっすぐで、透明で、ビー玉のように煌《きら》めいている。

うまく、笑えているといいな、と琴音は思う。口角を吊り上げるようにして、教室の児童たちを見渡した。

「はい。それじゃ、みんなから、三枝先生に質問はありますか？」

指導教員の坂下知恵《さかしたちえ》がそう言うと、教室の児童たちは、みんなして一斉に手を上げた。はい！　はい！　はい！　とあちこちから手が上がる。子どもたちの腕は、うんとまっすぐに天井に向けて伸びていたけれど、それでも、まだまだ成長途中だ。短く、ちょこんとしている。挙手だけではなく、質問の声が入り交じって、教室はちょっとした騒動だった。いたるところから目まぐるしく声が上がったので、琴音は呆然としてしまった。質問を聞き分けることすら難しい。思わず、戸惑いの視線を坂下に向けてしまう。

「はい。それじゃ、しおんさん」

坂下が児童を指名した。

しおん、と呼ばれた女の子が立ち上がって答える。活発そうな印象を受ける児童だった。

「好きな色はなんですか？」

なにを聞かれるのだろう、と身構えていた琴音は、なんだそんなことか、と緊張の糸を緩める。けれど、好きな色なんて、普段はあまり気にしたことがないから、ぱっと答えが出てこない。

「えっと……。ピンク、かなぁ」

ぎこちなく笑って、あたりさわりのない返答をしてしまう。琴音が答えると、教室の女の子たちは、またそれぞれに挙手したり、声を上げたりする。あたしも！　あたしもです！　ピンク好き！　琴音はかつて、好きな色をテーマにした話題で、こんなに盛り上がったことはない。なんて他愛のないやりとりだろうと思った。少女たちの言葉を皮切りにして、児童たちが再び質問の声を飛ばす。あちこちから、黄色くて、きいきいとした声が槍のように降ってくる。好きな漫画はなんですか？　誕生日は？　星座はなんですか？　サッカーは好きですか？　犬と猫ならどっちが好きですか？　ドッジボールは好きですか？　ドラゴンボールは好きですか？　好きな花はなんですか？　琴音が答える暇もない。けれど児童たちの質問は、たいていは好きなものというテーマで統一されているらしかった。早く答えなくては、と急《せ》く気持ちを落ち着かせて、琴音は一つ、咳払いをする。それから一つ一つ、質問を丁寧に拾い上げて、答えていく。

いつの間にか、自分は笑っていた。

これだけの子どもたちを相手にしているのだから、当然かもしれない。けれど、うまく笑えているのか、不安だった。鏡があるといいなぁ、と琴音は質問に答えながら教室を見渡す。当然ながら、そんなものはない。壁には様々な色をした掲示物が貼られていて、カラフルだった。ぎこちなく吊り上がった唇の端を想像すると、気分がめげてしまう。彼氏はいますか、という質問に少し困ってから答えた頃に、気が付いた。きちんと挙手をして、指名を待っている子がいる。子どもたちの騒々しさがようやく収まっていくと、思い出したように坂下が女子児童を指名する。

「はい。まいなさん」

まいなと呼ばれた少女が立ち上がる。少し背が高く、鼻筋のすっきりとした顔の少女だった。成長が早いのだろう。他の子たちよりも、大人びた印象を受ける。着ている服も、なんだか雑誌に出てくるモデルが身に着けているもののように見えた。

「先生は、どうして小学校の先生になりたいと思ったんですか？」

急に、児童たちが大人しくなった。まいなの様子を覗《うかが》うような気配が、教室全体から漂ってきた。琴音はまばたきを繰り返して、その少女を見つめ返す。アーモンドのように黒くて大きな瞳は鋭かった。児童たちが、ようやく興味の視線を琴音に向け始める。

「えっと……」

琴音は言葉を探す。

どうして、小学校の先生になりたい？

「子どもの頃、憧れていた先生がいるんです」

昼から出てきたのは、そんな言葉だった。

「だから、わたしも、先生になりたいなって思って」

まいなは琴音から目線を外さないまま、頷いてすぐに着席する。

あまり納得してもらえなかったように思える。気のせいかも、しれないけれど。

「はい。それじゃ、三枝先生への質問はここまでです。一時間目の授業を始めますよ」

子どもたちは不満そうな声を漏らす。ちょっとしたブーイングだった。琴音は、坂下から座席表のプリントを受け取って、指示された通りに教室の後ろへ移動した。机の間を縫っていくときに、目が合った児童たちが、無邪気な笑顔を浮かべて手を伸ばしてくる。着ているジャージの肘やお尻の辺りを触られた。琴音は少しぎょっとしてしまったけれど、「こらこら、くすぐったい」と窘《たしな》めた。どこまで本気で叱っていいのかわからない。女の子だけでなく、男の子にまで触られてしまった。男の子の一人に、好きなモビルスーツはなんですかと聞かれたけれど、琴音は質問の意味がよくわからなかった。

ざわめきが消えない間に、坂下が授業を始める。一時間目は国語だった。

日直の子が声を張り上げる。

「きりつ！　きをつけ！　これから国語の授業をはじめます。れい。おねがいします！　ちゃくせき！」

おきまりの文句も、幼い声で一所懸命に発していると、可愛らしい。琴音は背筋を伸ばして、みんなと同じように頭を下げる。そうして子どもたちの背中を見守りながら、ジャージのポケットに突っ込んでいた手帳を取り出した。

これから、国語の授業が始まる。

けれども琴音にとっては、三週間に及ぶ教育実習の、本格的な始まりの合図となる。

＊

起床時間は早い。目覚ましが鳴るのは朝の五時半。これまでお昼ごろに起きていた生活が嘘のようだった。わざわざ大学近くのアパートに引っ越したのが、仇《あだ》になってしまった。そのせいで、この時間から活動しなければ始業前に母校の小学校へ辿《たど》り着けない。まだまだ着慣れないスーツに身を包むと、自分が社会人になったように錯覚してしまう。琴音は寝ぼけた頭を振り起こしながら、身支度をする。おざなりな朝食を食べて一息つく暇もなく、歯を磨きながら鞄と定期、財布の確認。危ない。歯磨き粉が垂れて落ちるところだった。友人から譲り受けた小さな液晶テレビが、部屋の隅で知らない番組を放送している。早朝の空気は、いつもとちょっと違うみたい。流れている番組は知らないものだし、アパートの窓の向こうから聞こえる鳥のさえずりやトラックの騒音が、普段とは違う色を見せている。

ほんの三週間だけれど、しばらくは、この空気が自分の日常になるんだ。琴音は顔を洗って、軽いメイクを施した。三日目になると、どれくらい手抜きをして化粧をするべきか、だいたい摑めてくる。けれど時計を確認して、慌てて自分を急発進。長い時間を、電車で揺られる。

七時前に小学校に到着するが、もちろん、児童たちはまだ登校していない。早朝のがらんとした校舎を歩いて職員室を覗く。まだ坂下は来ていなかった。どうにも、彼女は遅くやってくるらしい。他の先生と言葉を交わして、隣にある更衣室へ。そこでスーツからジャージに着替える。あとはもう、終わるまでジャージの恰好で過ごす。ほとんどスーツを着ている意味がないなと気付いたのは、昨日になってからだった。けれど、ジャージのまま電車に揺られるわけにもいかない。それに子どもたちの相手をしていると、よだれやら鼻水やら、泥やら埃《ほこり》やらで、大変なことになる。来週には運動会があるので、体育では子どもたちと一緒にダンスの練習をする。そのため、おろしたてのジャージは既にくたくただ。

琴音は手早く着替えると、職員室に向かう。まだ坂下は来ていない。職員室の清掃は、実習生たちの朝の日課だった。先生たちが来る前に、雑巾で机を磨く。それから、出勤してきた先生たちに、お茶を出す。職員室の戸棚には教師それぞれのマグカップが置かれていたが、まだ、誰がどのマグカップを使っているのか憶えられなくて、スムーズにお茶を出すことができない。ひとまず自身の役目を終えたら、ようやく資料室へ向かう。

資料室は、実習生たちの臨時の部屋になっている。既に何人かの実習生が来ていて、大量のプリントに向かっていた。丸付けをしているのだ。彼女たちとは放課後に軽く言葉を交わすくらいで、琴音はまだ全員の名前を憶えていない。けれど、作業をしている彼女たちの方は親しげな様子で軽口を交わしている。琴音だけ大学が違うので、奇妙な疎外感を覚えてしまう。

なんだか、入りづらいなぁ。

昔から、他人の輪の中に入っていくのは苦手だった。

「おはよう」と声をかける程度にすませて、琴音も時間まで、プリントで縦横無尽に躍る汚らしい文字と睨《にら》めっこ。判別を付けて、赤丸で囲んでいく。児童が登校してくるのは、七時四十五分頃。大学の一限目の授業でも、こんなに朝早く起きることはない。琴音は話を聞くだけだったけれど、職員室で朝の打ち合わせに参加して、坂下と共に教室へ向かう。児童たちが登校してくると、校舎の空気が一気に変化する。ほんの少し前まで静寂の帳《とばり》が下りていたように深閑としていたのに、いつの間にか廊下は賑やか。あちらこちらから黄色い笑い声と、廊下を駆け抜けていく上履きの、ぱたぱたとする音が鳴り響いている。この埃くさいにおいを嗅ぐと、学校に来たんだ、と強く実感する。このにおいは、小学校、中学校、高校と、そう大きく変わらない。まぁ、けれど、小学校の校舎の方が、牛乳くさいかもしれない。そういえば、牛乳を飲んだのは久しぶりだ。給食の味は、琴音が子どもの頃に食べたものよりも美味しかった。

初日こそ講話があったものの、昨日からは基本的に授業参観だ。子どもたちの後ろの席に座って、気が付いたこと、授業の様子から学ぶべきことをノートに記録していく。机は小さくてがたついているけれど、なんだか自分が子どもになってしまったみたい。一人だけ、大きな身体で机に向かって、みんなと同じ方を向いている。

坂下の授業は、基本的に淡々と進んでいた。休み時間のときと比べれば、児童たちは大人しく、何人かがときどき騒ぐくらいで、それなりに落ち着いているように見える。琴音の友人は別の小学校に実習へ行っているけれど、ほとんど学級崩壊に近いくらい、授業中も児童たちが騒がしくて私語がやまないとメールで話していた。坂下の年齢は四十代半ば過ぎ。ひょっとしたら五十を超えているのかもしれない。なんだろう。思っていたよりは、教室が大人しいな、と思う。小学校の授業は、もっと明るく、賑やかに運ばれるものなんだと想像していたからかもしれない。

流石《さすが》に立て続けに何時間も授業を観察すると、退屈になってきてしまう。琴音は実習日誌に書くべき内容を頭の中で組み立てる。授業は算数だった。割り算の概念を教えるために、坂下はリンゴの絵を黒板にいくつも描いていく。子どもたちはきちんと理解しているのだろうか。ときどき、囁《ささや》き声がする。隣の教室は、なんだか騒がしい。若い先生の、はきはきとした声が届く。子どもたちの、はーい！　という声が響いてきた。どんな授業をしているのだろう。なんだか、あちらの方が楽しそう。

邪念を振り払って、目の前の授業を観察する。三日目になると、授業中に目立つ子が、だいたいわかる。何度も挙手をして指名を待つような子どももいれば、他の子どもの先回りをして答えを口にしてしまうような子も多い。他人の名前を憶えるのが苦手な琴音だったけれど、何人かの児童の名前は、こうして観察する中で自然と頭に入ってきた。いちばんしっかりとしている児童は、やはり片桐《かたぎり》まいなだ。初日のときにされた質問が、自分にとって印象的なものだったせいもあるんだろう。あの大きなアーモンドのような瞳も、忘れがたいものがある。なんとなく、昨日の打ち合わせのときに、坂下に彼女のことを聞いてみた。

「あまり頑張りすぎないようにね。いっぺんに全員の名前を憶えるのも、大変なことだから」

そう坂下が言ったので、琴音は座席表を見ながら、

「この、まいなちゃんって、どんな子ですか？」

と聞いた。

「ああ、まいなさんね。そうね、いい子よ。行動力もあって、みんなから慕われているわね」

「なんとなく、第一印象は、大人びている子って感じでした。背が高いからかなぁ」

「お母さん譲りなんでしょうね」と、坂下は言う。「私は詳しくないんだけれど、まいなさんの

お母さん、モデルをやってらしたのよ。今でもときどきテレビで見かけたりするのだけれど、三枝さん、知ってる？」

そう言って坂下が口にした名前は、確かに琴音にも聞き覚えがあった。ぼんやりとだが、その顔も思い出せる。なるほど、あのすらりとした身体付きは母親譲りなのか。小学三年生とは思えない。

もちろん、すべての児童がまいなのようにしっかりとしているわけではない。今日、琴音が興味を惹かれたのは、別の女子児童だった。

とりたてて、挙手をしたりするような子ではない。そればかりか、座っている椅子の上で、身体をふらふらと動かしている。一言で言い表せば、落ち着きがない子、だった。よく消しゴムを落っことして、勝手に教室内を動き回ったり、教科書に落書きをしたり、鼻歌を口ずさんでいたりする。「咲良《さくら》さん、授業中は、きちんと座っていましょうね」坂下はその度に少女を注意していたけれど、少女のそのくせはなかなか直らないようだった。思い出したように廊下へ出て行ったり、大きくあくびをしたり、他の子どもたちに話しかけたりを繰り返している。

座席表を見ると、名前は佐伯《さえき》咲良とあった。

どうしてだろう。

琴音は、その少女の背中に惹きつけられた。

＊

給食の時間になった。

プラスチックの食器が、かちかちと音を鳴らす。教室に、お酢やたまねぎの匂いが充満していた。今日の献立は、むぎご飯に、酢豚風ピリ辛炒め。ごぼうサラダとひじきの佃煮が付いてくる。子どもたちの話に耳を傾けながら、琴音はプラスチックの軽いお箸を口元に運んだ。

給食では、子どもたちと机を並べて一緒に食事をする。日替わりで違う班に付くようにしていたけれど、子どもたちは琴音のことに興味津々《きょうみしんしん》のようで、遠くの席からでも声をかけられてしまう。お昼を食べている間は、姿勢よく落ち着いて食べましょう。坂下が微笑《ほほえ》みながらそう窘めるが、琴音は同じ班の子どもたちから質問攻めに遭った。けれど、たいていは初日に聞かれたような、好きなものに関する話題が大半だ。まぁ、確かに、よくよく考えてみると、子どもたちと共通の話題なんてそう多いものではない。

「先生は、どんなアニメが好き？」

男子児童に聞かれたので、うーんと考え込んでしまう。琴音は、それほど多くアニメを観《み》るわけではなかったし、観たとしても深夜番組が多いので、咄嗟《とっさ》に答えられるタイトルがない。ワンピースとか、プリキュアとか、子どもたちが知っていそうなアニメには詳しくなかった。

「みんなは、どんなのを観ているの？」

男の子たちは、琴音の予想通りワンピースやナルトといった作品を答えた。それに対して、女の子たちは、あまりアニメを観ていないようだった。

「プリキュアとかは？　観ないの？」

「うーん、あれはねぇ」少女たちは顔を見合わせる。「ちょっと、子ども向けだよねぇ」

「へぇ、そうなんだ」

君たちだって充分すぎるほど子どもだ、と琴音は思ったけれど、黙っていた。聞いてみると、女の子たちはアニメよりも漫画を読むことが多いようだった。りぼんとか、ちゃおとか、懐かしい名前を耳にする。けれども、既に琴音の知っている漫画は掲載されていないだろう。

そのあと、男子児童とはお笑い番組で話が盛り上がり、女子児童とは、好きなキャラクターに関して話をした。センチメンタルサーカスが好きだ、と言うと、しおんも同じだと答える。彼女とは、名前の『音』の漢字が一致しているということもあって、すぐに仲良くなれた。明日になったら持っているグッズを見せてくれるというので、琴音はちょっと躊躇《ためら》ってから、「文房具とか、学校に持ってこられるものにしてね」と、一応、釘を刺しておいた。

そのとき、食器の乾いた音が大きく鳴り響いて、女子児童たちが悲鳴を上げた。

慌てて振り返ると、離れた班のところでなにかがあったようだ。床の上に食事がひっくり返っていて、何人かの児童が立ち上がっている。中心にいたのは、佐伯咲良だった。

一瞬、少女と目が合ったような気がした。

佐伯咲良は、素早く身を翻《ひるがえ》して、教室を飛び出していく。「咲良さん！」と坂下の声が飛んだ。琴音は、どうしたらいいのか躊躇って、しばらく呆然としていた。坂下が言う。

「三枝さん、片付けをお願いね」

思いのほか、落ち着いた声音だった。どちらかというと、のんびりとした足取りで教室を出て行く。

教室は、ちょっとだけ騒然として、それからすぐに、しんと静まった。

「えーっと……」

琴音は立ち上がって、のろのろと言葉を紡ぐ。

「とりあえず、みんなは食事を続けて。姿勢良く、きちんと食べるんだよ」

そう言うと、児童たちは、はーい、と大人しく返事をしてくれた。あっという間に、普段の雰囲気に戻る。琴音はひとまず、掃除用具入れから雑巾を取り出し、給食の散らばっているところに向かった。散乱した食器を纏《まと》めて、飛び散ったご飯や酢豚を拾い集める。うーん、これは、どうしよう。お代わりをする子たちがいるから、食缶に戻すわけにもいかない。普段はどうしているんだろう？

「先生」

見上げると、女子児童の姿があった。落ち着いたアーモンドのような瞳。片桐まいなだ。

「手伝います」彼女は教室にあったティッシュボックスを持ってきてくれる。どんなことにも揺らがないような瞳の落ち着きに反して、声音はとても幼かったけれど。「これで拭いてください。普段、そうしてるから。雑巾だと汚れちゃうの」

「ありがとう」

なんだか、どちらが大人なのかわからなくなってしまう。

しおんや、他の女子児童たちも集まってきて、片付けを手伝ってくれた。

「ねぇ、なにがあったの」

作業を続けながら、近くの子に聞いてみる。咲良と一緒の班でご飯を食べていた子どもたちだ。児童たちは顔を見合わせて、それから、わかんなーい。と答えた。少女たちは囁くように、けれど嬉しそうに声を上げる。

「あの子ねぇ、いつもそうなんだよ」

「なんかね、おっかないよね」

「変なんだよう。汚いし、男みたいだしさぁ」

■11月9日発売■【碁楽選書】四六判並製／1680円

主に、中国流布石の攻防

金《キム》 成来《ソンレ》／洪《ホン》 敏和《ミンファ》 訳

プロ棋士たちの探求によって、定石や布石は日々進化している。石を極限まで働かせるとどうなるのかを学べば上達への一助となることは確実である。流行の中国流布石にも言及。

■11月9日発売■【ミステリ・フロンティア】四六判仮フランス装／1575円

ようこそ授賞式の夕べに

成風堂書店事件メモ（邂逅編） 大崎 梢

〈成風堂書店事件メモ〉、〈出版社営業・井辻智紀の業務日誌〉両シリーズの名探偵がそれぞれ依頼された書店大賞に関わる謎。波瀾万丈の授賞式の一日を描く、本格書店ミステリ。

■11月20日発売■【単行本】四六判上製／1575円

卯月の雪のレター・レター

相沢沙呼

不可解な行動を取る妹に、揺れ動かされる姉の心理を巧みに描く「小生意気リゲット」など五編。美しくも切ない読後感が秀逸な、鮎川賞作家・相沢沙呼のベストセレクション。

■11月20日発売■【単行本】四六判並製／1890円

神の名はボブ

メグ・ローゾフ／今泉敦子 訳

もし神が気まぐれで怠け者で惚れっぽいティーンエージャーの男の子だったら!? 神が若い女性に恋をしたら。カーネギー賞作家が放つドライでシュールでちょっとせつない物語。

■11月28日発売■【単行本】四六判並製／1785円

いつもが消えた日

お蔦さんの神楽坂日記 西條奈加

望の後輩、有斗をただひとり残して突然失踪した家族は、一体どこへ？ もと芸者・お蔦さんの活躍がますます光る、粋と人情あふれる〈お蔦さんの神楽坂日記〉シリーズ第二弾。

■11月28日発売■【単行本】四六判仮フランス装／1575円

躯体上の翼

結城充考

生体兵器として生まれた少女は、長い孤独の果てに出会った「友人」のため、単身巨大船団に戦いを挑む。『プラ・バロック』の気鋭の新境地にして硬質な詩情を湛えた傑作SF。

■好評既刊■【ミステリーズ！】A5判並製／1260円

ミステリーズ！ vol.61

第十回ミステリーズ！新人賞決定号。受賞作・櫻田智也「サーチライトと誘蛾灯」&選評掲載。近藤史恵〈ビストロ・パ・マル〉、高井忍〈柳生十兵衛秘剣考〉シリーズ読切短編等。

■好評既刊■【第二十三回鮎川哲也賞受賞作】四六判上製／1785円

名探偵の証明

市川哲也

かつて一世を風靡した名探偵が、現代のアイドル探偵とともに再
いう人間の宿命を、二人の名探偵を通じて活写する。各

媛が事件に挑むヴィクトリア朝活劇第二弾。

ノーベルの遺志 上下

リザ・マークルンド
久山葉子 訳

ノーベル賞授賞晩餐会で殺人事件が。現場を見た新聞記者アニカに警察は情報開示の禁止を告げる。華やかなノーベル賞の陰に何が？ スウェーデンのベストセラー作家の代表作。

11月刊 各987円

《モーリン・フォシュ》シリーズ

天使の死んだ夏 上下

モンス・カッレントフト
久山葉子 訳

記録的な暑さのもと公園で発見された少女。全身が磨かれたように清潔。事件当時の記憶はない……。スウェーデンミステリ界を震撼させたモーリン・フォシュ シリーズ第二弾。

10月刊 各1092円

私の職場はラスベガス

デボラ・クーンツ
中川 聖 訳

歓楽の都ラスベガス。街でも有数のカジノホテルで働く敏腕トラブルシューターのラッキーは、遊覧ヘリから墜死した従業員の事件を追う。クールな新ヒロイン、颯爽と登場。

10月刊 1365円

鳥少年

皆川博子

人間に巣くう狂気と業が織り成す、妖艶な背徳の世界。初文庫化に際し三編の単行本未収録作を附して贈る。書簡形式のミステリ「火焔樹の下で」ほか傑作十六篇を収録。

10月刊 924円

結ぶ

皆川博子

彼岸此岸もわからぬ場で「縫う―縫われる」行為を考察する独白が、異様な最後の一行で結ばれる表題作ほか、単行本未収録作四篇を加えて贈る、幽艶な綺想が彩る十八編。

11月刊 966円

■第五回ミステリーズ！新人賞受賞作収録

叫びと祈り

梓崎 優

ひとりの青年が世界各国で遭遇する、数々の異様な謎。各種年末ベスト・ミステリ・ランキングの上位を席捲、本屋大賞にもノミネートされ、激賞を浴びた大型新人のデビュー作！

11月刊 756円

シルヴァー・スクリーム 上下

ロバート・ブロック、ジョー・R・ランズデール 他
デイヴィッド・J・スカウ 編／田中一江・夏来健次・尾之上浩司 訳

F・ポール・ウィルスン、クライヴ・バーカーなど、超一流の恐怖の紡ぎ手が集結！ この世にあってはならない多彩な悪夢が勢揃いする、究極の映画ホラーアンソロジー。

11月刊 各1218円

死者の短剣 地平線 上下

ロイス・マクマスター・ビジョルド／小木曽絢子 訳

悪鬼を狩る湖の民と定住する農民の地の民、ふたつの異なる民族の融和のために奔走するダグとフォーンの奮闘を描いた、名手ビジョルドの傑作ファンタジー四部作ついに完結。

10月刊 各987円

ブラインドサイト 上下

ピーター・ワッツ
嶋田洋一 訳

突如現れた65536個の流星は異星からの探査機だった。太陽系

MYSTERY通信（国内）

今月から始まる〈ミステリ・フロンティア〉刊行10周年の幕開けは、大崎梢**『ようこそ授賞式の夕べに』**。〈成風堂書店事件メモ〉、〈出版社営業・井辻智紀の業務日誌〉両シリーズのキャラクターが勢ぞろいする本格書店ミステリです。相沢沙呼**『卯月の雪のレター・レター』**は美しく切ない読後感の短編集。〈お蔦さんの神楽坂日記〉シリーズ最新作、西條奈加**『いつもが消えた日』**もお目見え。もと芸者・お蔦さんの活躍がますます光ります。創元推理文庫は激賞を浴びた梓崎優のデビュー作**『叫びと祈り』**がいよいよ登場。

『ようこそ授賞式の夕べに』装画：丹地陽子

文庫新刊ご案内

◉表示価格は消費税込です

フラテイの暗号

ヴィクトル・アルナルドル・インゴウルフソン／北川和代 訳

無人島で発見された死体。そのポケットには意味不明の言葉が書かれた紙が入っていた。西アイスランドの美しい島を舞台に伝承の書と暗号が織りなす、癒やしの北欧ミステリ。

11月刊　1197円

夜歩く【新訳版】

ジョン・ディクスン・カー　和爾桃子 訳

刑事達に囲まれた密室で起きた殺人。深夜のパリを徘徊するのは殺人者か、人狼か。悪魔の如き冷酷さと鋭い知性を持つ予審判事アンリ・バンコラン最初の事件にして著者デビュー作。

11月刊　777円

樽【新訳版】

F・W・クロフツ　霜島義明 訳

荷下ろし中に破損した樽の中身は女性の絞殺死体。次々に判明する事実は謎に満ち、事件はめまぐるしい展開を見せつつ混迷の度を増していく。クロフツ渾身の処女作、新訳決定版。

11月刊　987円

《アイリーン・アドラーの冒険》

おめざめですか、アイリーン

キャロル・ネルソン・ダグラス／日暮雅通 訳

STERY通信（海外）

ば暗くて重いものばかり……と思いこ
初紹介となるインゴウルフソン『フ
イスランドを舞台にした、快い読書を
ノーベル賞晩餐会で殺人が起きると
一気に読ませるスウェーデン作家マー
の遺志』と、二作合わせておすすめ。
ームズ・パスティーシュ第2弾『おめ
ーン』に、カー『夜歩く』とクロフツ
一長編新訳二連発もお見逃しなく。

ハードSF　書き下ろし解説＝テッド・チャン　10月刊　各8[illegible]円

■第一回創元SF短編賞受賞作収録

あがり

松崎有理

【瀬名秀明氏推薦】大胆にして繊細、理系女子の著者ならではの奇想SF連作集。〈北の街〉にある蛸足大学の研究室は今日もSFの舞台に。文庫版では一編を追加し全六編を収録。

10月刊　903円

やさしい感動の輪が広がっています！

ハルさん

続々重版11刷

10月6日朝日新聞「売れてる本」で紹介されました！

天国の瑠璃子さん。僕たちの娘は今日、お嫁に行ってしまいます。

藤野恵美

【創元推理文庫】756円

ふうちゃんの結婚式の日、お父さんのハルさんは思い出す、娘の成長を柔らかく彩った五つの謎を。頼りない人形作家の父と、日々成長する娘の姿を優しく綴る、心温まるほのぼのミステリ。

SF＆ファンタジー通信

警察小説『プラ・バロック』で第12回日本ミステリー文学大賞新人賞を受
謐かつ硬質な筆致を高く評価された気鋭、結城充考の新境地『**躯体上の翼**
けします。衰退しつつある〈共和国〉の生体兵器として長い時間を生きた
孤独な日々の中で出会った「友人」のために、望みなき戦いへ身を投じる
でしか書き得ない詩情と美しさに満ちた新たな傑作の誕生を、お見逃しな
メグ・ローゾフ『**神の名はボブ**』は、神がもし怠惰で惚れっぽい十代の少
ら……という奇抜な設定の不思議な物語。文庫からは怪奇マニア歓喜の短
たアンソロジー『**シルヴァー・スクリーム**』(上・下)。ランズデール、バー
ロック、マキャモンら、一級の作家が集結する豪華なラインナップでお届

神の名はボブ

メグ・ローゾフ／今泉敦子 訳　四六判並製・1890円

11
2013
新刊案内

東京創元社
〒162-0814 東京都新宿区新小川町1-5
TEL 03-3268-8231（代）
http://www.tsogen.co.jp

＊解説目録呈

「あと、ちょう嘘つきだよ！　嘘つき！」

聞き耳を立てていた隣の班の男子児童まで入り交じり、口々にそう言う。

「嘘つき？」

そう聞き返すと、しおんが嬉々とした表情で答える。

「この前なんかね、まいなの家で遊んだときに――」

「いいよ。やめてよ」

しおんの言葉を、鋭くまいなが遮《さえぎ》った。

しおんはちょっとの間、きょとんとした表情を浮かべて、渋々と頷く。

「あんなの、咲良の嘘なんだから」

そう言い切るまいなの言葉は力強い。坂下から聞かされている通り、この少女は教室の中で強い影響力を持っているのかもしれない。おしゃまで、しっかりしていて、人気者な少女、といったところだろうか。琴音はそう分析する。けれど、咲良のついた嘘、というのが少し胸に引っかかる。

片付けを終えた頃に、坂下が戻ってきた。しかし、咲良の姿はない。なにごともなかったかのように自分の席に座った坂下のところへ、琴音は駆け寄る。

「あの。咲良ちゃんは、どうしたんですか？」

「それがねぇ」坂下は頰に手を当てて、軽く首を傾げた。「見つからないのよ」

随分と暢気《のんき》な様子に見える。児童が見つからない、というのは大事《おおごと》ではないのだろうか。

「探さなくていいんですか？」

「いいのよ、いつものことだから。しばらくすれば、すぐに戻ってくるわよ」

彼女はおっとりとした様子で言う。それが、琴音にはなんだか腹立たしく見えてしまった。

「でも」

「ああいう子なのよ。あの子ばかりに構っていたら、お昼を食べる時間も、なくなってしまうでしょう?」

そういうものなのだろうか。琴音は歯がゆい気持ちで、教室の戸の方に視線を向ける。咲良が戻ってくる様子はない。坂下の口ぶりだと、今に始まったことではないのだろう。けれど、そうだとしても。

「あの、わたし、ちょっと探してきます」

そう言い残して、琴音は教室を飛び出していく。

＊

校舎を探し回った。他のクラスの邪魔になってしまうので、声をかけながら探すわけにはいかない。

琴音がこの小学校に通っていたのは、もう随分と昔のことだ。どこになにがあるかなんて、おぼろげにしか記憶していない。開いている教室や図工室などの他に、女子トイレの中を確かめてみたが、咲良の姿は見つからなかった。

外に行ったのかもしれない。渡り廊下から、校舎前の庭が見える。いくつもの花壇が作られていて、ちょっとした庭園のようだ。児童たちの姿がちらほらと見えた。昼食の時間のはずだったが、なにをしているのだろう。教師の姿も見えたので、少なくとも校門から外へ出て行った可能性は低いと判断する。琴音は昇降口へ向かい、下駄箱を確かめる。さえきさくら、とラベルの貼られた靴箱を見つけた。上履きが乱雑に突っ込まれている。ということは、校庭のどこかにいるのだろうか？　琴音も職員通用口から外へ出た。思っていたより、陽射しが暑い。グラウンドの方へ駆け足で向かう。

「咲良ちゃん！」

琴音は思わず叫んでいた。校庭の片隅、鉄棒のところで少女の姿を見つける。彼女は鉄棒を摑むと、くるんと身体を器用に回転させた。短い髪が瞬間的に翻って逆さになる。

逆上《さかあ》がりだ。そういえば、自分は未だに逆上がりができないなと思い出す。彼女の元へ駆け寄って、大きく呼吸。少し息が上がってしまった。

咲良は、自分よりも背の高い鉄棒の方へ移動して、そこを摑んだ。身体をぶら下げながら、不思議そうにこちらに目を向けている。

「もう、だめじゃない。勝手に教室を抜け出したら」

咲良はこちらを見る。頰が砂で汚れていた。

「ほら、戻ろう？　給食、食べられなくなっちゃうよ」

「いやだ」

咲良はそう言って、鉄棒にぶら下がり、身体をふらふらと揺らした。

「もう、わがまま言わないでよ。みんな、心配しているよ？」

「嘘だぁ」と少女は言って笑う。鉄棒にぶら下がる細い腕は、若々しい小麦色をしていた。「みんな、あたしのこと、どうでもいいんだ」

「そんなことないって……」そう言いかけたが、それは無責任な言葉なのかもしれないと思い直す。けれど、今はなんとかして彼女を教室に連れ戻さないといけない。「ほら、お昼休みになっちゃう」

「どうせここで遊ぶからいい」

少女は動こうとしない。

「咲良ちゃん――」そう言いかけて、琴音は言葉を直す。「咲良さん」児童たちに呼びかけるときは、男子でも女子でも、基本的にはさん付けだと教えられているからだ。琴音は咲良の前に回り込んで、彼女の眼を覗き込む。鉄棒にぶら下がっているとはいえ、彼女の瞳は自分よりもうんと低いところにあった。

「まいなさんと、なにかあったの？」

それは、単なる当てずっぽう。予感のようなものに過ぎない。先ほどの少女たちとの会話から、咲良が飛び出していった原因はそこにあるのではないかと考えた。

少女の瞳が揺らいだ。直感は正しかったらしい。

「良かったら、先生に教えてくれない？」

咲良は俯《うつむ》く。と、地面に着地した。どうするのだろうと様子を眺めていると、単純に腕が疲れただけらしかった。両腕を宇宙人の踊りみたいにぶらぶらと動かして、どうしようかなぁー、教えてあげようかなぁー、と少女が歌う。

顔を背《そむ》けた彼女は、ちらりと琴音を見た。

「けど、先生も、あたしが嘘ついているって思うんでしょ」

「思わないよ」琴音は静かに言う。「聞かせて」

少女は背の低い鉄棒へ舞い戻り、再びそこを摑んだ。地面を蹴り上げる。砂埃が巻き上がり、小さな身体がぐるりと動いて、空中で静止――。

咲良はこちらに目を向けて言った。

「あたしね、見ちゃったんだ」

なにを？　と琴音は聞く。

「まいなの家で、お手伝いさんが泥棒しているところ」

＊

「そりゃあ、あれだね。家政婦は見られた！　っちゅー感じやね。逆バージョン！　ドラマ作ったらウケるかもしれんわな！」

自分の考えたジョークが面白かったのだろう。そう大きな声で笑うのは、友人の岩崎菜々《いわさきなな》だった。

琴音は疲弊しきった身体を机上に倒れ込ませて溜息を漏らす。相変わらず、菜々は元気そうだ。同じく教育実習に挑んでいるはずなのに、この違いはどこからくるのだろう。琴音は机の上に頬を乗せる。化粧が付いてしまうかもしれないが、そんな気も回らない。やはり、なんだか疲れてしまった。昨日、数年ぶりにやったドッジボールの後遺症かもしれない。腕が筋肉痛だった。

土曜日の午後である。

久しぶりにゆっくりしていられる日だったので、一日中寝て過ごそうかとも考えたが（身体はそれくらいに悲鳴を上げている）、それはそれでなんだか寂しい。せっかく大学の近くに住んでいるのだし、気心の知れた友人が恋しくなった。菜々にメールをすると、それじゃ大学で会おうということになった。喫茶店よりは安上がりな選択だったし、二日酔いの心配もない。合理的な選択だと思う。研究室を覗くと、案の定、同じゼミの友人たちの姿がある。もちろん、土曜はほとんど講義がない日だが、同じように大学近くに住んでいて暇を持て余しているような人間は、こうして研究室にやってきては時間を潰して帰っていく。理系ではないので、真面目に研究に取り組んでいる学生は非常に少ない。強《し》いて言えば、この研究室に毎日居座って、読書に勤《いそ》しむ稲《いな》村禎孝《むらよしたか》くらいだろう。稲村は研究生で琴音の先輩に当たるが、なんの研究をしているのか、琴音は知らない。彼は琴音の知る限り、ほとんど毎日、この研究室にいる。本来の主《ぬし》である門倉《かどくら》准教授を差し置いて、この部屋の主と目されている人物である。彼は今も奥の机で読書をしている。なぜ、こんなにうるさいところで本を読むのか、と質問をしたら、「その方が集中できるからだ。音楽を聴くのと似ている」と返されたことがある。まるで意味がわからない。菜々たちは密かに、「実は寂しがり屋なんじゃない?」と噂している。

「それでさ、ナナ、どう思う?」

琴音は机に突っ伏したまま、上目遣いに彼女を見て問う。

「どうって、なにがなん?」

「だから、咲良ちゃんの言っていること。家政婦さんが、泥棒しているって話だよ。本当だと思う?」

「君なぁ」菜々は大きく溜息をつく。「信じるって自分で言うて、話聞かせてもろたんでしょ? なのに、その子のこと疑っとるわけ?」

「わたしは、もちろん信じてるよ」琴音は頬を膨らませて言う。「ただ、うーん、なんて言えばいいのかな。その、どうしたらいいのかわからなくて」

「えーっと、話を纏めると」そう言ったのは、お菓子を食べていた川本響子《かわもときょうこ》だ。彼女はゼミの後輩だったが、教職課程は履修していないようだ。けれど、興味津々とした様子で琴音たちの話を聞いている。「その咲良っていう女の子が、まいなっていう女の子の家に遊びに行った。そこで、家政婦さんが盗みを働いているのを見てしまった。それを、咲良ちゃんはまいなちゃんに教えてあげたけれど、そんなのは嘘だって、まいなちゃんが否定している――というわけですね」

そうなのだ。

咲良は友人と共に、まいなの家に遊びに行ったのだという。そこで家政婦が泥棒をしているところを目撃したが、まいなはその言葉を信用していない。そればかりか、嘘つき呼ばわりしている。

あるいは、普段から咲良の言動に問題があって、信頼されていないのかもしれないけれど……。

琴音は身体を起こして、机の上に両手で頬杖をつく。ちょうど、二つの掌《てのひら》を台座のようにして、力なく顎を乗せると、うーんと唸《うな》った。

「先生に相談したん？」菜々が聞く。

「もちろん」琴音は答えた。「ただ、あの先生、なんだか、ちょっと頼りないんだよね……。あの子は、ああいう子だから、真剣に付き合ってたら疲れちゃいますよって言われた。信じられる？　頭から嘘だって決めつけてるんだよ」

「うわ、そら、いやなのに当たったなぁ」菜々は椅子を軋《きし》ませて、大きく仰《の》け反《ぞ》る。いちいちリアクションが派手だった。

「放課後なんて、わたしに丸付け押しつけて、すぐ帰っちゃうし、かと思えば、実習日誌はなかなかチェックしてくれないで、職員室でおしゃべりばっかりだし」

「うちはね、いい先生に当たったよ。若いイケメンなんよ。子どもたちとの信頼関係もバッチリで、教室なんか先生の作った可愛い掲示物がいっぱいあるん。男が作ったとは思えないくらいやんね。初日なんか、歓迎のダンスしてくれたし」

「え、先生が踊るの？」

「ちゃうよ！　なんで先生が踊るん。子どもたちよ。もちろん、先生が仕切ってくれてたんやけど、ほんとう、感激やね。こら、帰るとき、絶対に涙腺《るいせん》はち切れてしまうわ」

「涙腺ってはち切れるって言うんでしたっけ」響子が呟く。

「ええっ、いいなぁ、わたし、そういうの、ぜんぜんないよ。なに、歓迎ダンス？　わたしなんか、朝に十分くらい質問タイムがあって終わりだよ？」

「そういうところで、教室の雰囲気を楽しくさせようて、先生の気遣いが表れるんね」

「あの、なんか、話がずれてますよ」

響子の言葉に、琴音と菜々は顔を見合わせて、しばらく押し黙る。

「まぁ、あれやね」少しの沈黙のあとで、菜々が言った。「様子見るしかないいんとちゃう？　ちょっと気遣ってやる程度でね。どうせ、うちら、あと二週間しかない命なんやし、あんまり深入りするのもな」

「まぁ、確かに、できることなんて、なにもないかもしれないけれど……」

徐々に自分の言葉が尻つぼみになっていくのがわかる。

そう。できることはない。それ以前に、なにをどうしたらいいのかもわからない。問題が曖昧で、それを明確に捉えることができないのだ。咲良の話が本当なら、それは立派な犯罪行為の目撃証言だ。まいなの家は裕福そうだし、重大な問題に発展することもあり得るだろう。けれど、咲良が嘘をついているわけではなくても、ただの勘違いという可能性だってある。

「狼少年ですね」響子が言った。「いつも嘘をついているから、本当のことを信じてもらえなくなるっていう……。あ、この場合は狼少女か」

狼少女。琴音は、その言葉を胸の中で転がす。重たいそれが、食道の中をずるずると落下していくような感じがした。

自分は咲良を信じている。そう信じたかった。

けれど、やはり、これはデリケートな問題だ。学校の外で起こったことでもある。

ただ、一つ不思議なのは、咲良の言葉をまいながが嘘だと決めつけているということ。もともと仲が悪かったのかも知れないが、それなら、どうして、わざわざ自分の家で遊んだりしたのだろう。自宅に招いて遊ぶ友達なら、それなりに親しいはずだ。名前も知らない人間と公園で遊ぶような年齢は、そろそろ卒業だろう。特にまいなのように精神的にも発育が進んでいそうな子なら、尚更だと思う。そこが少し不自然なように感じられる。気のせいだろうか？

「君、相変わらず怖い顔して考え込むなぁ」

言われて琴音は気が付いた。唇を尖らせて、菜々を睨んでやる。

「すみませんね。生まれたときから、こういう目付きなんです」

「そやね。君、どっちかというと、イケメンよね。宝塚《たからづか》いけるんとちゃう？　眉とか、もうちょっと凜々《りり》しくしたら似合うと思うで。お姉さんが描いてあげようか？」

ときどき、そんなふうに菜々にからかわれる。琴音は気にしていないふうに振る舞って、笑って応えるから、尚更だ。昔から、そうなのだった。

どうにも、笑うのは苦手だ。

子どもの頃は、ほとんど笑ったことがない。内向的で暗かったせいもあるだろう。周囲に合わせて笑顔を浮かべるというのを、理由もなく不快に感じていた。そのせいで、小学校の頃は友人が少なかった。他人に対してうまく接する方法がわからなくて、それを笑顔で補うことすらできなかった。鏡の中に映る自分の笑顔は、なんだかぎこちなくて不気味に思えた。眉も目付きも、顔付きすらも、どこか男性的に見えて、自分には笑顔が似合わないと思い知った。

ときどき、こんなふうに、怖い顔をしているとからかわれて。

ときどき、傷つく。

自分の笑顔は嫌い。

だから、笑わない。

だから、怖いと思われる。怖いと言われる。あの子は暗い。あの子は不機嫌そう。あの子はなんだか怒っている。みんな、勝手にそんなふうに判断して、だんだん、離れていってしまう。だから、自分に繋がったその頼りない糸が千切れないように、琴音は傷つかないふりを繰り返す。大切な友人の言葉だから。自分を傷つけようとしているわけじゃないって、わかっているから。

狼少女。その言葉を舌の上で転がす。

咲良はどうなのだろう。周囲が勝手に抱いているイメージの、そのままの少女なのだろうか?

それとも——。

「なにを盗んだんだ?」

突然の声に、琴音は顔を上げる。菜々と響子は笑いながら、なにか違う話をしていたようだった。ぼんやりとしていたので、不意に飛び込んできた低い声に、琴音はまばたきを繰り返す。

「なにを盗んだんだ?」

見ると、奥のデスクで本を読んでいた稲村が、目をちらりとこちらに向けて聞いてきた。右手の中指と親指をいっぱいに開き、眼鏡のフレームの両端に触れて、かけ直す。

話を聞いていたのか、とようやく琴音は思い至った。

「えっと……。その、そこまで、詳しくは聞きませんでした。ただ、家政婦さんが、泥棒をしていたって」

「なんやん、それ、肝心なところ聞いてないやん！」今度は菜々が机に突っ伏した。いちいちリアクションがオーバーだ。「相変わらず、目付き悪いくせに、どじっこやね君は！」

「えっと、でも、そこ、大事？」

「大事やろ！」菜々は机をばんばん叩きながら上体を起こす。「現金やったら、まぁ、せこいこそ泥。壺とか絵画なら、大泥棒やな。ＵＳＢメモリを盗んでいたのなら探偵かもしれへん。どっちにしろ、家政婦がいるなんて、そうとうな金持ちなんやろね。見たことないわ、そんなもん。普通、いるか？　昼ドラかいな」

個人情報に関わることだったので、まいなの母親については、琴音はなにも言わなかった。

琴音は眉をひそめて言う。

「うーん、なにを盗んでも、悪いことは悪いことでしょう？」

琴音はてっきり、現金かなにかが盗まれたのだと思っていた。

そうだ、その点はきちんと確認する必要があるかもしれない。

「なぜ、窃盗と判断できたのか。その点が重要だろう」

稲村が言う。どういう意味だろう、と首を傾げて彼に目を向けるが、稲村は既に読んでいる本に視線を落としていた。

＊

教育実習では、当然ながら指導教員以外の授業も見学することになっている。その場合は、ジャージではなくスーツに着替えることになっていた。久しぶりにスーツを着て廊下を歩いたので、子どもたちが寄ってきて大変だった。さっきまで校庭で地面を掘り返し、ミミズを発掘していたという男の子たちがそれを見せに来たので、琴音は逃げ回ってしまう。スーツは汚すわけにはいかない。他校ではどうなのかはわからないが、ジャージのままの方が楽なのになぁと琴音は思う。

まるで授業参観に臨む母親みたいに、教室の後ろで立ったまま見学をした。一日に二時間ほどの頻度で、三年生の他のクラスはもちろん、他の学年の授業の様子も見学する。四十五分間、歩くこともなく立ったままというのは思いのほかつらいものだった。普段、琴音がしているアルバイトはコールセンターのオペレーターだったので、立ち仕事とは無縁なのだ。教師になるには体力が必要なのだなぁとつくづく感じてしまう。いくつかの教室を見学してわかったのは、坂下は授業中、座っていることが多かったが、ほとんどの先生は立って授業をしている、ということだった。当たり前のことなのかもしれないが、坂下の授業を見る機会が多いので、それが新鮮に感じられる。

隣のクラスでは、子どもたちと教師とのやりとりが途絶えることなく、明るい笑い声が常に教室を彩っている。そのうえ、授業内容はわかりやすくスムーズに進んでいた。児童たちとの信頼関係が目に見えるよう。教室の掲示物や飾り、図工で作ったものなど、坂下のクラスに比べると圧倒的に賑やかだ。若い女性教師が担当するクラスでは、ヌイグルミが飾られているところもある。細やかなところに、教師から児童たちへの愛情を感じられるような気がする。自分に、こんなことができるだろうか、と琴音は思う。児童たち、一人一人に目を配って、先生、先生と呼びかける声に一つ一つ、丁寧に耳を傾けて。夜遅くまで職員室や教室に居残り、部屋を飾りつけたり、丸付けをしたり、教材を手作りしたり。わかりやすく、ほぼすべての科目を、一人で児童たちに教える——。

教職というものが、どんな仕事なのか。ほんの少しずつではあるけれど、琴音の心と身体に、染みるように入り込んでくる。

二週目から、坂下の教室では彼女の補助につくことになった。これまで後ろで机に座ってメモを取っていたスタイルから、問題の解けない子たちに助言したり、ふざけたりしている子を注意したり、ということを臨機応変にこなさなければならない。ときどき、勝手に出歩こうとする咲良を止めたり、落ち着かせたりする、というのも琴音の仕事になりつつあった。

先日、坂下に咲良の件を報告したときのことを思い出した。このことは、菜々たちには話していない。

坂下は咲良に関して、あの子はもしかしたら、ＡＤＨＤ、あるいはＬＤの傾向があるのかもしれない、と告げた。琴音は、大学の授業でそのことについては学んでいる。ＡＤＨＤは、注意欠陥・多動性障害と呼ばれているもので、発達障害の一つとされている。集中力が続かなかったり、じっとしていられなかったりなどの症状が特徴だ。一般的に、遺伝子の異常が原因なのではないか、と考えられている。

遺伝子。病気。

他人と違うことを、遺伝子のせいと決めつけるのって、なんだか変だ。

だって、自分たちの遺伝子は、みんな違っているのが当たり前なのに。

そう思うのは、自分が生物学に詳しくないからだろうか？

放課後、資料室で大量のプリントに丸付けをしながら、琴音は考える。プリントに添えられていた左手がいつの間にか浮き上がって、自分の頰を撫でていた。赤いペンが走る。まる。まる。ばつ。ばつ。ばつ。ばつ。正解。間違い。正解と間違い。

確かに、世の中には病気が原因でどうしようもないことだって、いくらでもあるんだろう。治らないもの。治せないもの。病気と認めてそれらに向き合っていくのは必要なことだ。琴音はそう思う。そして同時に、自分も病気だったら良かったかな、とも考えてしまう。

もしかしたら、自分の遺伝子も、おかしいのかもしれない。

そうだったら、良かった。

原因がはっきりしていて。

周囲の人たちが、そのことを理解してくれるなら。

その方が良かった。

あんなにつらい思いを。

あんなに寂しい思いをしなくても、すんだかもしれないのに。

「三枝さん、疲れてる？　なんだか目の下にクマできちゃってるよ。ちゃんと寝れてる？　顔怖くなってるよぅ」

「大丈夫、です」

実習生の女の子にそう笑われた。悪気はないのだろうと思う。親しみを込めて、気遣って、言ってくれたのだろう。それは、彼女の表情を見ればわかる。

ぎこちなく、笑って応える。

うまく、笑えているだろうか？　怒っているふうに、機嫌悪そうに、見えないだろうか？

綺麗な笑顔を浮かべられるように、生まれたかった。ペンが走る。この頬。この唇。この顎先。

もっと、美しく。もっと、女の子らしく。もっと、可愛く。

わたしの遺伝子は、壊れている。

笑顔の遺伝子。

顔を上げる。実習生の女の子たちが、丸付けの作業をしながら、なにかはしゃいで笑い合っていた。せっかく声をかけてくれたのに、琴音はうまく笑えない。うまく笑顔を浮かべて、その中に溶け込むことができない。そこに入ることができない。

どうしてだろう。

それは、欠陥？

病気？

ペンが走る。まる。ばつ。まる。正解。間違い。正解。正解。間違い。

物事が、これくらい単純なら良かったのに。

琴音は溜息をついて、次のプリントに向かった。

＊

延々《えんえん》と、小石を拾う。こんな地道な作業、これまでの人生でしたことはない。

そう思っていたけれど、それは単純にいやな記憶を押し込めて、忘れようとしていただけなのだろう。少なくとも、自分が小学生の頃には、咲良やしおんたちのように、暑い陽射しの中、みんなでしゃがみ込んでいたに違いない。手にしたビニール袋に、石を見つけては、摘《つま》んで放り込んでいく。浜辺で貝殻を拾って集めるのと似ているが、自分は既に、綺麗な石ころを見つけて喜びはしゃぐ心を、人生のどこかで置き忘れてしまったようだ。

お昼休みの時間だ。通常ならば、児童たちが駆け回って遊んでいる校庭だった。今日ばかりは、運動会のために、教師も含め、児童総出で小石拾いに時間を割いている。クラスごとに、ある程度固まって作業をしているが、琴音はなるべく、咲良の近くにいるようにした。彼女は今のところ、大人しくしているようだった。

琴音はジャージの袖を使って額を伝う汗を拭う。五月の後半。既に蒸し暑い気候になっている。袖を捲《まく》りたかったが、きっと日焼けしてしまうだろう。日頃の体育の授業のために、琴音は日焼け止めのクリームを持っていたが、丹念に塗る暇はほとんどなかった。

せめて帽子を被ってくればよかったなぁ、と絶望的な気分になる。他の実習生たちや若い女性教師たちはきちんと紫外線対策をしているようだった。中には、まるで農家のおばちゃんの如きフェイスガードをしている人間もいる。シミができたらどうしよう。思わず、溜息。ここのところ、溜息の回数が増えたな、と考える。

午後からは、高学年の児童だけが残り、本格的に運動会の準備作業が行われる。具体的には、校庭にあるサッカーのゴールポストを移動させたり、テントを組み立てたり、といった力仕事がメインだ。琴音たち実習生が、そうした作業を行う手筈《てはず》になっている。それを考えると、琴音は憂鬱な気分になった。

ここのところ、雑用だけしかしていない気がする。朝にはお茶くみをして職員室の掃除をし、昼間の坂下の授業では、児童たちの補助だけではなく、丸付けやプリントの作成までやらされることがある。放課後は、相変わらず夜遅くになるまで、丸付けの連続だ。実習日誌を書く暇もない。それでも、日誌は毎日提出することが決まっているから、なんとか所感を捻り出して、文章を作成し、坂下から判子をもらわなくてはならない。来週からは琴音自身の手で授業をしないといけないので、そのための指導案を作る必要もあるのだが、うまく時間がとれないでいる。

こんなはずじゃなかったんだけどなぁ、と琴音は小石を拾い上げながら、溜息を漏らす。児童たちに話しかけられても、上の空になってしまった。だって、こんなはずじゃなかった。お茶を淹《い》れたり職員室の掃除をしたり、ゴールポストを移動させることが、教師になるための勉強だとは思えない。坂下は朝は遅くやってくるし、放課後は雑用を自分に押しつけておしゃべりをしているか帰ってしまうかで、琴音のモチベーションは下がる一方だった。せめて、違う先生が指導教員だったら良かった。もっと頼りになって、学ぶことが多くて、憧れてしまうような――。

子どもの頃、憧れていた先生がいるんです。

そう言ったのは、誰だったろう。

違う先生なら、良かった。

いつも、いつも、そればかり。

「ねぇ、先生?」

気が付くと、傍《かたわ》らにしゃがみ込んでいるしおんに、話しかけられていた。

「ごめん。なぁに、どうしたの?」

しおんは黒髪の頭のてっぺんを覗かせて、地面を見つめている。

「先生は、しおんのこと、きらい?」

そう、聞かれた。

「え、なんで？」

琴音は座り込んだまま、彼女に向き直る。びっくりしてしまった。

「だって」と、しおんは言う。けれど、あとに続く言葉はなかった。

「そんなことないよ。どうして？」

「だって」しおんは同じ言葉を繰り返す。「先生は、咲良とばっかり、遊んでる」

「えっ？」

琴音は驚いて、思わず素《す》っ頓狂《とんきょう》な声を出してしまった。休み時間はこれまで通り、しおんを含めて児童たちと変わりなくコミュニケーションを取っていたし、お昼休みには校庭で日焼けするのに耐えながらドッジボールやサッカーで遊んだりしている。決してしおんの言うように、咲良とばかり遊んでいるというようなことはない。むしろ咲良はみんなの輪から離れたところにいて、独りで遊んでいることが大半だった。だから、休み時間には、あまり咲良と会話する機会を作れないでいるくらいだ。

それでも、琴音が咲良のことを注意して見ているのは本当だった。授業の補助をするときは、机を離れようとする咲良を辛抱強く説得したり、問題がわからないと自分で解けるようになるまで一緒に考えたりもする。休み時間ではなくて、むしろ授業中のとき、琴音は咲良と一緒にいることの方が多い。ただ、それは決して咲良だけではなくて、すべての児童に対して平等に向き合っているつもりだった。授業中にしおんがおしゃべりをすれば、自分はそれを注意するだろうし、しおんが問題を解けなければ、自分は一緒に、解けるまで彼女の机から離れないだろう。けれど、しおんの繊細な心には、そうは映らなかった。いや、あるいはもしかしたら、しおんの方が正しいのかもしれない――。

さっきだって、自分は咲良のことばかり、注意して見ていた。

「咲良は変なんだよ。悪い子なの」しおんは顔を上げて言う。「だって、いつも、坂下先生に怒られてる。叱られてるじゃん。バカだし、変だし、嘘つきで、悪い子なの。なのに、先生は悪い子の方が好き？」

「しおんさん」琴音は静かに呼びかけて、言葉を探す。しおんの顔を覗き込んで言った。「そんなふうに、他の子のことを悪く言ったらだめだよ」

一瞬、しおんの瞳が揺らいだ。琴音が今まで認識していたよりも、ずっと大きくて深い瞳だと思った。そこに、自分の厳しい顔付きが映っている。睨むような。鋭くて、不機嫌そうで。凶暴な。まるで、狼のような。

しまった、と思った。しおんが立ち上がる。彼女は小さな唇をきゅっと引きしめていた。琴音が言葉をかける暇もなく、身を翻して、校庭を走っていく。

「しおんちゃん」

慌てて、追いかけようとした。唇から出るのは、さん付けの呼称ではなかったが、それどころではない。はしゃぐ児童たちの群れに隠されて、しおんの姿が見えなくなる。予鈴《よれい》が鳴った。

「袋を集めてください！　教室に戻りますよ！」

坂下が大声を出して言う。琴音は、まだ遊んでいる児童たちの背中を促しながら、視線はしおんを探した。どこへ行ったのだろう。

「三枝さん」

坂下に声をかけられる。子どもたちの声がきいきいと飛び交っていてうるさかった。なにせ、全児童が校庭にいるのだ。

「咲良さんは？」

聞かれて、琴音は周囲に視線を巡らせる。咲良の姿がない。

「えっと、すみません。はぐれてしまったみたいで」

「それじゃ、悪いけれど探してきてくれるかしら？」

「はい」

しおんのことが気がかりだったが、きっと大丈夫だろうと思い直す。少なくとも、教室に戻るはずだ。けれど、咲良の方は、きちんと見ていないとどこへ行くかわからない。

校庭を探すが、校舎に戻ろうとする児童たちの群れが邪魔だった。見当を付けて、鉄棒があるところへ向かう。咲良はそれで遊ぶのが好きらしいと、なんとなく気が付いていた。琴音の勘通り、鉄棒にぶら下がっている咲良の姿が見えた。

「咲良さん」

呼びかけて、彼女に近付く。

「ほら、教室に戻るよ」

「休み時間は？」

身体を揺らしながら、咲良が言った。

「残念だけれど、今日はお昼休みはないの。石拾いで終わり」

「えー」と不服そうに眉をひそめて、咲良が身体を揺らす。「なにそれ」

「仕方ないでしょう。先生だって、休憩したいところだけれど」

琴音はぎこちなく笑う。

「なら一緒に休憩しよう」

「だめ」琴音は低い声を出す。それから、無理に笑って、明るく手をぽんぽんと叩いた。「ほらほら、行くよ」

「先生さぁ。ケーサツに言ってくれた？」

「ケーサツ？」

琴音は聞き返す。突然だったので、眼を丸くしてしまった。

「だって、お手伝いさん、捕まえないと。泥棒なんだから」

そうか、その話か、と琴音は頷く。

「それなんだけれど、咲良さん。お手伝いさんが、なにを盗んだところを見たの？　お金？」

咲良は、ちらりと琴音を見る。それから不敵に笑って答えた。

「ハンコと手帳だよ」

「えっ」

「あたし、知ってるんだ」けらけらと愉快そうに笑った。「ドラマで観たことある。ハンコと手帳があると、銀行からお金をいっぱいもらえるんでしょう？」

琴音はしばらく、唖然《あぜん》としてしまった。咲良が教えてくれた言葉を咀嚼《そしゃく》する。ハンコと手帳。それは恐らく、印鑑と通帳のことだろう。もし、本当にそれが盗まれたんだとしたら、一大事だ。けれど、彼女の勘違いということもあり得る。なにせ、子どもの言うことだ。咲良を信じてないわけでは、ないのだけれど——。

「それ、どんな感じのだった？　色は？　大きさは？　わかる？」

「わかるよ。ハンコは、これくらいの」咲良は鉄棒から手を離して、琴音に向き直る。小さな人差し指を立てて言った。「本当はハンコじゃないかもしれない。黒いケースに入ってたけど、あたしのお母さんが持ってるのと似てたから」

「通帳の方は？」

「ツーチョー？」

「手帳のこと」

「緑色で、これくらいの」咲良は両手で大きさを示す。「銀行の名前が書いてあったよ。ひらがなの」

そう言って咲良が教えてくれた銀行名は、正しいものだった。確かに、そこの銀行の通帳は緑色をしている。なぜなら琴音がお金を預けているのも、その銀行だったからだ。どうしよう。思っていたよりも、事態は深刻なのかもしれない。もう一度、坂下に相談するべきだろうか？　いや、その前に、咲良にもっと状況を確認するべきだろう。

「どうして、咲良さんは、お手伝いさんが泥棒しているところを見ていたの？」

聞くと、咲良はばつが悪そうに顔を伏せた。

「まいなの家を、探検してたの」

「探検？」

「まいなの家、広かったから。トイレ行ったら、迷って。それで探検した」

なるほど、と琴音は頷く。

「それで、お手伝いさんを見つけたの？」

「うん。ドアが開いてて、誰かいるみたいだったから、覗いたの。そしたら、お手伝いの人が、なにか探してた。見てたら、棚みたいなところから、ハンコと手帳を出して、鞄に入れてた」

「お手伝いさんは、咲良さんに気が付いた？」

「ううん」咲良はかぶりを振る。短い髪がさらさらと揺れ動いた。「見つかったらヤバイと思って隠れてたから」

それから、咲良は念を押すように言う。

「嘘じゃ、ないよ。見たんだ。あたし、本当に。誰も信じてくれないけれど」

「うん」

琴音は頷く。

「信じるよ」

この少女のことを、少し誤解していたのかもしれないな、と琴音は思う。説明は丁寧でわかりやすかったし、銀行の名前のことを憶えているのも、意外に思えた。けれど、子どもの記憶力は侮《あなど》れないものだ。たった一週間と少しでも、授業内容を吸収してすくすくと成長していく児童たちを見ていると、そう感じる。そして、自分が認識しているよりも、咲良は頭の良い子なのだろうと思った。ただ、ほんの少し落ち着きがなくて、みんなと違うだけ。ほんの少し、違うだけなのだ。

みんなと違うのは、当たり前のことだ。

琴音はそう思う。

「そろそろ行こう。ね？」

咲良は頷いた。

琴音は少女の手を取る。温かくて小さな手だと思った。二人で昇降口に向かい、靴を脱ぐ。琴音がスリッパに履き替えて下駄箱に戻ると、咲良がぼんやりと突っ立っていた。脱いだ靴を手にしていた。

「ほら、行こう」

彼女を促すと、咲良はかぶりを振った。

「ない」

「なにが？」

「上履き。なくなった」

「え？」

下駄箱の中から、さえきさくら、のラベルを探す。確かに、中は空洞だった。上履きがない。

「出るとき、ちゃんと、仕舞った？」

「うん」咲良は頷く。「なんでだろう？」

少女は不思議そうに顔を傾けていた。誰かの靴箱と入れ違ってしまったのだろうか？　琴音は下駄箱を眺めていくが、どこもすべてに靴が収まっていて、上履きは見つからない。

仕方なく、来賓《らいひん》用スリッパを履かせた。咲良の足には大きすぎる。

「あとで、探してあげるから。とりあえず教室に行こう？」

「うーん」

まだ首を捻っている少女の手を引いて、廊下を歩く。

授業は、とっくに始まっているところだろう。

いやな予感がする。琴音にも、似たような経験があった。

そう。上履きは、忽然《こつぜん》と消えることがある。自分の知らない間に、悪意を持った誰かの手で。

理由は単純だ、と琴音は考える。

標的にされるのは、いつも、みんなとは違う子なのだから。

*

身体が重い。素直にエレベーターを使えば良かった、と琴音は思う。研究棟の三階に辿り着いて、大きく息をついた。左肩が痛いのは、教材の入った鞄を背負っているから、という理由だけではないのだろう。若い子たちは頼もしいわねぇ、と言った女性教諭の言葉が耳に甦る。どんなに若くても、ゴールポストを担いで移動すれば、身体はくたくたになるものだ。

喘《あえ》ぐようにして、扉の並んだ廊下をまっすぐ奥に向かう。今日は、指導案についてアドバイスをもらうために、教職課程担当の小菅《こすげ》教授と会う約束だった。昨日運動会を終えたばかりだったが、琴音は明日から一日に一時間、授業を持たなくてはならない。いよいよ本格的に実習生らしいことができる、と気合いが入るが、なかなか指導案を作る時間を取れなかったせいで、どんなふうに授業を進めればいいのか不安でいっぱいだった。教材をよく理解しているか？　板書の進め方は？　指導案に誤ったところはないだろうか？

小菅教授の研究室前に辿り着く。琴音は扉をノックした。しばらく待つ。日曜日なので、ほとんど人の気配がしない。小菅教授の返事はない。留守だろうか？

琴音はドアノブに手をかけて、扉を開けようとした。鍵がかかっている。これでは中で待つこともできない。

「あれぇ……」

思わず、声を漏らしてしまった。きちんとアポイントメントを取ったのに、どういうことだろう。時間を確かめるために携帯電話を鞄から取り出す。メールを受信していた。小菅教授からだった。急な会議が入ってしまったので、一時間ほど待っていて欲しい。申し訳ない。という旨だ。

琴音は溜息をつく。

日曜日なのに、ご苦労なことだ。

せめて鍵くらい開けておいてくれればいいのに、と思う。

仕方なく、廊下を引き返した。最悪の場合は、学食かどこかで時間を潰そう。そう思いながら、念のため、門倉准教授の研究室で立ち止まる。扉をノックした。人の気配はない。けれど、ドアを開けると、鍵は開いていた。

いつもの研究室の景色だ。つまり、門倉准教授は不在だったが、稲村禎孝が奥のデスクで本を読んでいる。

「いるんなら返事してくださいよぅ」

琴音はそう言いながら中に入る。重たい鞄をいつもの机に置いた。喉が渇いたので部屋の片隅にある小さな冷蔵庫を開けるが、ミネラルウォーターしか入っていない。

「日曜なのに、ご苦労なことだな」

稲村が言う。

「指導案を」琴音は冷蔵庫を閉めながら応える。「小菅先生に見てもらおうと思って。初めてだから、本当になにもわからなくって」

「そういうのは、指導教員と打ち合わせるものじゃないのか」

彼としては珍しく多弁だった。たぶん、琴音以外には誰もいないから、雑音が足りないのだろう、と彼女は思う。

「それは、そうなんですけど……」

机の上に上半身を突っ伏すようにして、琴音は溜息を漏らす。稲村の言葉はもっともだ。

本来なら、坂下に相談するべきなのだろうが、運動会で大忙しだった職員室にその余裕はなさそうだった。それに、なんとなく、あの指導教員とは話をしたくない、そういう気分だった。

結局、咲良の上履きはすぐに見つかった。

教室のゴミ箱の中に捨てられていたのだった。

もちろん、クラスメイトの誰かがやったのだろう。けれど、坂下は帰りの会で全員に軽く注意をするだけだった。

「こういういたずらは、やめましょうね」

ただ、それだけだった。琴音には、その言葉は、児童たちに対してなんのフォローにもなっていないように見えた。咲良に対しても、他の児童に対しても、根本的な解決となる言葉にはならない。問題は、そんなところにはないだろう、と琴音は歯がゆく思う。

放課後。琴音は職員室で同僚と談笑している坂下のところへ向かった。

「咲良ちゃんのことなんですけれど。このままだと、よくないんじゃないでしょうか」琴音は、慎重に言葉を選んで、なるべく丁寧に言ったつもりだった。「きっと、咲良ちゃんは、自分がどうしてあんなことをされたのか、わかっていないと思いますし、理不尽に感じて、悲しんでいると思います。他の子どもたちは、咲良ちゃんのことをよく思っていません。授業の態度や、先生に叱られるところを見て、あの子は悪い子なんだっていう認識を持っています。嘘つきだって言われているみたいですし、本格的に、いじめに繋がってしまうかもしれません」

何度も言葉を探しながら、伝えた。けれど。

「でもねぇ」と、坂下は微笑んで言う。「咲良ちゃんに問題があるのは、事実でしょう。もう、三年生になるんだから、周りの子と合わせて、コミュニケーションを取れるようにならないと、この先、やっていけないのよ。あの子は、普段からよく嘘をつくし、これをきっかけにして、そのくせもなくなるんじゃないのかしら？」

まるで、咲良が一方的に悪い、と言いたげな言葉だった。

それを聞いて、琴音は自分の頰が真っ赤になったような気がする。

あなたは、

と上げそうになった言葉を、必死に飲み込んだ。

あなたは、

それでも、先生なんですか――。

「問題を抱えているのは、誰だって同じなのよ。病気かもしれないからって、一人だけ特別扱いしていたら、面倒を見切れないでしょう？」

琴音は、冷たい机の表面に頰を押しつけて、溜息を漏らす。今、思い返しても、あの言葉には、腸《はらわた》が煮えくりかえるようだった。

「本当に、苛々する」

けれど、心のどこかで、坂下の考えもある部分では正しいのかもしれない、と感じる。

そう、咲良ばかりを特別扱いにはできない。あのとき、自分がしおんを傷つけてしまったときのように――。彼女とは、運動会のときもあまり話ができなかった。きっと、難しいことなのだ。無理なことなのかもしれない。児童一人一人を見つめて、向き合って、真剣に教えていくことなんて――。

それでも、わたしは——。

琴音は瞼《まぶた》を閉ざす。考えるのをやめよう、と思った。涙が滲《にじ》みそうだったから。

「なにを盗んだか、聞いたか？」

不意に、そう問われた。そういえば、この部屋にはもう一人いるんだ、と慌てて身体を起こして、目元を擦《こす》る。今日は化粧は最低限で、マスカラをしていないから良かった。琴音はこの二週間、マスカラを付けていない。

「この前の話ですか？」

聞くと、相変わらず稲村は本を読んでいる姿勢だ。ちらりとだけ目を向けられる。

「そう。聞いたか？」

「ええ、それなんですけれど……」

琴音は口ごもる。咲良の発言は、公《おおやけ》にすれば大きな問題になりそうだった。本来、個人情報になり得ることは、学校を出たら話すべきではない。

けれど、稲村は言葉を続ける。

「印鑑や通帳の類《たぐい》か？」

「えっ」琴音は思わず椅子を後ろにやって、身体を仰け反らした。「なんでわかるんですか？」

「そうだと思っただけだ」稲村は言う。「言ったろう。なぜ、窃盗と判断できたのか。それが重要だって」

「どういうことですか？」

「いくら子どもの話でも、それが窃盗なんだと判断するからには、それなりの理由があるんだろうと考えた。例えば、家政婦が現金を手にしているところを目撃しただけでは、それが窃盗であるという思考には直結しない。その現金が家政婦自身のものである可能性を、普通は最初に考えるからだ。同様に、財布から金を抜き取るところだって、その財布が家政婦自身のものである可能性は捨てきれない。先週、岩崎が言ったようなＵＳＢメモリであっても、同じだ。それなら、なぜ、窃盗と判断できたのか？　単純に、普通は持ち歩かないようなものを手にしていたからだろう。印鑑や通帳なら、普通の家政婦は持ち歩かない。まぁ、俺は普通の家政婦自体、見たことないけどな」

　最後の言葉は彼なりのジョークだったのだろう。稲村は本に視線を落として、微《かす》かに鼻を鳴らした。

「うーん。屁理屈な気がするなぁ。まぁ、でも、当たりです」

「確か、運動会があると言っていたな」

　ふと思いついたように、稲村が本を閉ざす。

「ええ、昨日ありましたよ。もう、へろへろ」

　琴音は肩に手を置いて首を回した。ごきごきと、あちこちが鳴る。

「運動会に、その女子児童の母親は来たか？」

「えっ、どっちの子ですか？」

「確か、まいなという名前の」

「あ、えっと、来てませんでした」琴音は人差し指を顎先に置いて天井を見上げる。そこになにかが書いてあるわけではないが、思い出すときのくせみたいなものだ。「保護者とか、児童たちとかの様子、見る暇はまったくなかったんですけど、来れば絶対に噂になるような人なんです。だから、来られなかったんじゃないかな」

「有名人か?」

「うーん、まぁ、芸能人ですね」

「なるほど」稲村は頷く。「どうしてまいなが、相手を嘘つき呼ばわりするのか、説明がつくな」

琴音はきょとんとしてまばたきを繰り返した。

「説明、つきます?」

「つくだろう」

琴音は稲村に向き直る。姿勢を正して、彼をまっすぐ見据えた。

「なにかわかるなら、教えてください」

彼は琴音を一瞥《いちべつ》した。軽く溜息をつくと、中指と親指を使う例の仕草で眼鏡のフレームを持ち上げる。

「あくまで考え方の一つだ」

「はい。参考にさせていただきます」

「さっきも言ったが、窃盗と判断するには、物を手にしている人間と、対象物との間に隔たりが必要だ。家政婦自身のものとは考えられないからこそ、窃盗と判断することができる。では、なぜ、家政婦自身のものではないと決めつけられるのだろう?」

琴音は眉を寄せて、ちょっと考えた。聞かれても困る。

「えっと、たとえば、他人の家の戸棚から取り出すところを目撃した場合は、明らかに窃盗だとわかりますよね」

「そう」彼は頷いた。「しかし、印鑑なら、荷物の受け取りに必要になるから、それを使うために取り出すところを目撃されても、不思議はないかもしれない。しかし、通帳と一緒となると、考えられる状況は限られる。だからこそ、咲良はそれを窃盗と判断したのだろう。では、逆に、彼女が家政婦ではなかったらどうだ？」

問いかけてくる稲村の言葉の意味がよくわからずに、咀嚼に時間がかかった。

琴音は喉を鳴らす。

「それって……」

「家政婦が印鑑と通帳を持ち出すところを目撃したから、窃盗と判断してしまった。しかし、これが、普通の主婦が、印鑑と通帳を持ち出すところであったのなら、なんの問題にもならない」

ぐるぐる、ぐるぐると。

琴音の中で様々な言葉や思考、映像が目まぐるしく舞う。

「なるほど……」

彼女は呟いていた。そうか、そう考えると、すべて、すっきりする。

まいなは、咲良を家に招くほど仲が良かったのだ。咲良は、まいなの母親がモデルをしているということも、知っていたのかもしれない。いや、まいなの性格だったら、と琴音は考える。クラスの中心人物。人気者。カリスマ性もある。きっと母親のことも口にするだろう。児童たちは、テレビの映像を通して、まいなの母親の顔を知るかもしれない。咲良も同じく、そうだったのだろう。琴音は周囲の反応を想像する。友達のお母さんがモデルだったら。すごいすごいと口にして、憧れの視線を向けるかもしれない。まいなの身に着けている服装を思い出す。きっと母親の影響は大きいのだろう。けれど——。

「再婚、でしょうか」

琴音は呟く。

「その可能性が高いだろう」稲村は頷いた。「親が離婚して、再婚した。母親が変わったんだ。そのことを知られたくなくて、母親のことを家政婦なのだと紹介した。血の繋がりがなければ、相手も他人行儀な口ぶりになるだろうしな」

芸能人であれば、離婚はスキャンダルになりかねない。隠そうとする大人たちの動きもあるのかもしれない。単純に、まいなの——血の繋がらない母親が、なんらかの用事で印鑑と通帳を取り出した。咲良はそれを見てしまった。だから、まいなは事実を知られたくなくて、咲良の言葉を嘘なのだと否定する——。

その可能性は、あり得る、と琴音は思う。

けれど——。

「どうしよう」

琴音は呻《うめ》く。大きく息を漏らして、視線を落とした。

自分にできることはあるんだろうか、と考える。まいなが隠そうとしていることは、家庭の事情だ。それを安易に咲良に伝えることはできない。自分が介入できることではない。まして、自分は教師ではなくて、ただの実習生じゃないか。ひよこですらない。生まれる前の、なに一つできない脆弱《ぜいじゃく》な卵なのだ。まいなと咲良の友情に罅《ひび》が入って、それが完全に壊れてしまうのだとしても、ただの学生である自分が手を出すには、あまりにもデリケートすぎる問題だ。

誰かに相談するべきだろうか？　小菅教授に？　それとも、坂下教諭に？

「お前は、どうしたい？」

顔を上げる。稲村が、読んでいた本を伏せて、こちらを見ていた。

「わたしは……」

「なにか、意見や主張がある。だから、腹を立てていたんだろう？」

「だからって……」琴音は彼から目を背けた。「わかんないですよ」

「それなら、お前が、その狼少女だったら、どうして欲しい？」

わたしが？

琴音は呟く。

わたしが、狼少女だったら？

頭の中を、まだ、思い出の映像がぐるぐると回っている途中だった。挙手をする腕。先生は。映像の中で少女が言う。先生は、どうして小学校の先生になりたいと思ったんですか？

「わたしは――」

彼女は呻いていた。掘り起こしていく記憶の中で、自分が呻いている。琴音はそれを見る。咲良と同じくらいに幼い頃の自分だった。呻いて。泣いて、苦しんで、叫んでいる。琴音はそれを見る。彼女は、その映像を見ることしかできない。触れることも、声をかけることもできない。だからといって、蓋をすることすらできない。ずっとずっと、その思い出を抱えて生きていかなくてはならないのだろう。幼かった自分が上げる、あの遠吠えのような嘆《なげ》きが、耳に甦った。

誰も助けてくれなかった。琴音は思い出す。

――子どもの頃、憧れていた先生がいるんです。

そんなの嘘だ。

誰も、助けてくれなかったじゃないか。

笑うのが苦手だった。笑顔で輪に入っていくことが、どうしてもできなかった。怖い顔をしている。不機嫌な顔をしているって。周囲はそんなふうに遠ざかって、どんどん琴音を疎《うと》んでいく。

琴音は学校で一人ぼっちだった。別に、怒ってるわけじゃない。別に、不機嫌なわけじゃない。ただ、寂しいだけ。ただ、どうしたらいいのかわからないだけだ。

「笑顔でいないとだめよ」担任の先生がそう言った。「もっと、琴音ちゃんの方から、歩み寄らないとね？」

どうしたらいいのかわからない。

どうしたらいいのか、わからないんだよ。

そんなふうに言われても、わたしは、違うから。どうしても、うまく笑えない。うまく、みんなの輪に入れない。

「わたしは――」

その言葉に、深く傷ついた自分がいた。まるで、自分が悪いのだと言われたような気がした。笑わないことは罪なのだと宣告されたようだった。上履きを隠されるのも、机の中に腐ったパンを押し込まれるのも、絵の具で服を汚されるのも、すべて、自分が笑わないからって。

自分が、違うからって。みんなと違うから、いけないんだって――。

わたしは、ただ、違っていていい。

それが当たり前なのだと、受け入れてくれる人が、欲しかった――。

琴音は立ち上がる。

「大丈夫か？」

稲村が聞いた。

「はい」

もう、彼には顔を見せられなかった。琴音は深くお辞儀をする。

「ありがとうございました」

表情を見られる前に、荷物を持って扉に向かった。

琴音はもう、決めていた。

わたしの、最初の授業は――。

*

別にジャージでも構わないと言われたけれど、身を引きしめる効果はあるだろう、と思ってスーツに着替えた。トイレにある鏡の前で自分を見返して、軽く頰を叩く。よし、と呪文のように呟いた。今日はほんの少しだけ、化粧にも気合いを入れた。まだまだ着慣れないスーツだったけれど、それでも、こうして自分の姿を見ると、なんだか生まれ変わったような気分になる。二十歳になったとき、実感できなかった大人になるという気持ちが、遅刻してやってきたかのようだった。教材を抱えて階段を降り、廊下を歩く。

もう授業の鐘が鳴るので、廊下にいる子どもの姿はまばらだった。

向かう教室の前の廊下で、一人の少女を見つける。ふらふらと出歩いて、奇妙な踊りを踊っていた。身体を動かしたくて仕方がない、というふうに身を跳ねさせている。傍目《はため》から見れば、奇っ怪に映るのかもしれない。けれど、彼女はそういう子なのだ。そういう子が、いてもいい。琴音はそう思う。

「どうしたの、咲良さん」

呼びかけると、少女ははたと動きを止めて振り向いた。

「うわぁ、先生、どうしたのその服」

「これから、わたしの授業なんだよ。知らなかった?」

咲良はまばたきをして、それから、大きく仰け反った。

「え、ほんと? 先生、授業すんの?」

「そう。だから、ほら、教室に入って、席について」

咲良はじろじろと琴音の服装を観察している。その表情がなんだか面白くて、琴音は思わず吹き出してしまった。

「見世物じゃありませんよ。似合わない?」

「ううん」少女はかぶりを振る。「先生、美人だね」

「え――」

けらけらと笑って、咲良は教室に入っていく。

琴音はしばらく、廊下に立っていた。

子どもが相手でも、そんなふうに言われるのは、やっぱり、嬉しい。

胸に手を当てると、緊張に心臓がとくとくと脈打っている。生きている。どうしようもなく、この身体は生きている。生きて、成長して、大人になって、大きくなって。

琴音は教室の戸を開ける。児童たちのざわめきと、驚き。坂下教諭が、静かにするように、と声をかける。

琴音は教壇に立つ。

「起立! 気をつけ!」

日直の少女はまいなだった。少女が歌うように言う。

「これから道徳の授業をはじめます。礼！　おねがいします！」

おねがいします、と児童たちの大合唱が響く。

琴音も頭を下げた。

お願いします。

顔を上げる。きらきらとした、大きな双眸《そうぼう》がいくつも、興味津々に、琴音のことを見つめている。

帰ってきたんだ、と琴音は思った。わたしは、帰ってきた。もう、あの頃の自分に声をかけることも、慰めることもできないけれど。わたしは帰ってきた。この場所。この学校。あのときに。

この身体は成長し、背が伸びて、今ではもう、違う視点で教室を見下ろしている。一人一人の表情が、よく見えた。みんな、違う。みんな違う顔をして、みんな違う服装をして、みんな違う表情で、琴音を見ている。それが、当たり前で、そして大事なことなんだ。一人一人と、目が合う。咲良がいる。まいながいる。しおんがいる。短い時間だけれど、それでも琴音は、こうして一人一人の子を見ていたいと思った。それが、たとえ途方もない理想であっても。

琴音は、大きく息を吸って、吐く。

教壇の上から、声を出す。

伝わるように。

「今日は先生から、みんなが一人一人違うということについて、お話ししたいと思います——」

琴音の授業が、始まった。

"Return of the wolf girl" ends.

卯月の雪のレター・レター

Red Strings

卯月の雪のレター・レター

1

堆《うずたか》く積まれた書物の、ページに染みたインクで、わたしという存在は創られている。

寝返りを打ったら、肘が文庫の塔に当たり、危うく崩壊を招くところだった。わたしの部屋は、普段から本棚に収まりきらない小説で床を満たしているから、これに新たな発掘物が加わって、既に足の踏み場もないような有様になっていた。ときおり部屋の扉を開け放していると、二階に上がってきた姉が室内を一瞥《いちべつ》して、床が抜けそうだね、と笑うことがある。彼女は、要らない本は売っちゃったら、なんて言うけれど、この場に溢れる書物の質量は、わたしの人生に直結しているのだから、自分の手元にないと安心できない。ページを捲《めく》る度に躍る活字が、わたしという人間に言葉をタイプして、わたしをかたち創るのだから。そんなこと、大袈裟すぎて、きっと誰にも言えないだろうけれど。

たぶん、そんなこと考えている高校生って、稀《まれ》だ。

だから、友達にだって、言えない。

「なにしてるの」

溜息と共に、母の言葉が聞こえて、のろのろと身体を起こした。階段を重たく軋《きし》ませる足音には気付いていたけれど、長い時間、腰を屈めて押し入れを覗いていたせいか、疲れてしまって起きあがる気になれなかった。開け放たれた扉から顔を覗かせた母は、段ボール箱の山に封じられていたはずの本までが、この部屋に乱雑に散らばり、更なる混沌《こんとん》を招いている様子を呆れて見ている。

「片付けるんじゃなかったの」

「そうだったんだけれど」

小学校の低学年から、本を読んで育った。姉に加えて、父も母も本をほとんど読まないから、娘が真面目に勉強しているように映って、嬉しいのだろう。実際のところ、物語の世界に浸り、小説を読み耽《ふけ》る行為を、わたしは、それほど高尚なことだとは思わない。それでも、普段から本を読まない人たちにとっては、それは勤勉な姿に見えるらしい。突然変異で生まれた子ね、と母は嬉しがっていた。そんな理由から、父は本に使うお金に限って自由に与えてくれるので、部屋は自然と小説の山で溢れかえることになる。だから、しばらくは読まないだろうと判断した古い本は、段ボールの箱に仕舞って、押し入れに閉じ込める、ということを繰り返していた。

気が付けば、いつの間にか文庫の山が本棚から溢れていたので、久しぶりに本棚の整理をしようと思い立った。学校は春休みで、これといった予定もない。それで、押し入れからまだスペースのある段ボール箱を取り出し、そこに不要な本を詰め込むつもりでいたのだけれど——。

やっぱり、考えが甘かった。

少しだけ、予感していたのだけれど。

懐かしい表紙に引き寄せられて、ついつい、つまみ食いをするように、古い小説を引っ張り出しては、読み耽ってしまった。

だから、現状の室内は、本当に形容のしがたい惨状になっている。

「呆れた」

母はそう言って笑う。

「そういえば」わたしは、ごまかすように言葉を上げる。「あの箱ってなに」

押し入れに頭を突っ込んでいたとき、見覚えのない古い段ボール箱に気が付いた。それほど大きくはなかったし、なんとなく惹かれて引っ張り出したものの、作業が頓挫《とんざ》していたから、開けないで放置していたのだった。

「ああ、それね」

本の隙間を縫うようにして、母が室内に入ってくる。やはりというべきか、足を引っかけて、塔が崩落した。わたしがそれを積み直している間に、母はその段ボール箱を開けて言う。

「お姉ちゃんのよ。懐かしいわねえ」

なんとなく、隣の部屋に目を向けてしまったけれど、当然ながら姉は仕事に出ていて留守にしている。わたしは這《は》うようにして、首をその段ボール箱に伸ばした。文庫の山で築かれた都市を歩く怪獣みたいだ、と自分で思う。

段ボール箱の中には、いくつかの本や、何冊かのファイル、原稿用紙の束が眠っていた。

「たぶん、小学校のときのね」

母の言う通り、それらしい道具箱のようなものが奥に見える。姉の部屋は洋室で、収納がなかったから、わたしの部屋に押し込められていたのだろう。

思わず、段ボール箱に手を伸ばしていた。

引っ張り出したハードカバーの重たい質感に指を這わせる。『イソップ寓話集』と書かれていた。箱の中には『グリム童話集』の文字も見える。

「お姉ちゃんって、こんなの読んでたの」

姉は一切、本を読まないような人で、内向的なわたしとはまるで正反対な人間だから、意外に思えた。

「子供の頃は読んでいたけれど、それくらいよ。やっぱり我が家じゃ、あんたが特別なのよねぇ」

母はのんびりした声を上げる。「ほら、他に入ってるのは漫画ばっかり」

「ふぅん。あ、これは？」

段ボール箱に収まっていた原稿用紙の束を取り出す。表になっている一枚には、綺麗な字で、『鎌倉《かまくら》見学に行って』と書かれていた。

「たぶん、作文でしょう」

「へぇ、お姉ちゃんの作文か」

手にしたそれを掲げて、思わずしげしげと眺めた。

「この頃から、あの子は字が綺麗なのよね。それなのに、あんたときたら……」

余計なお世話だ、と言いたくなる。

わたしは昔から、字がへたくそだった。友達から、板書を写したノートや勉強のためのメモを見せて欲しいと言われることがあるけれど、ほとんどの子は解読できずに気まずそうな表情でノートを返してくるほどだった。そういう反応を繰り返されると、さすがに自分の文字を見られるという行為は気恥ずかしくなってくる。そこそこ勉強ができる人間だし、読書が好きなものだから、字が綺麗そう、という幻想を勝手に抱かれているらしく、意外に思われることが多かった。

それに比べると、姉の文字は美しい。達筆だ。とにかく流麗な文字で、書道教室に通っていただけのことはある。ひたすらに、羨《うらや》ましい。

姉の、恐らくは小学生時代の文字だろう。よく確認すると、当然ながら、今現在の姉の文字とは大きく違った、硬さのようなものを感じる。流麗というよりは可愛らしさが滲《にじ》むかのようだった。それでもやはり、わたしの文字と比べれば断然に読みやすい。タイトルのあとにはすぐに名前が書かれていて、学年やクラスの表記は見当たらない。内容からすると、高学年のときに書いたものだろう。もはや十年以上も昔の文章ということになる。そんな過去の作文が、どっさりと自分の手の中にある。なんだかタイムカプセルを開けてしまったような、奇妙な気分だった。

なんという気もなしに、その作文を、ぺらぺらと捲り上げていく。作文の一つ一つの長さは、原稿用紙にして一枚や二枚ほどの、ごく短いものだ。ホチキスで束ねられたそれらが、十以上はある。いくつか見出しを眺めていくと、かなり幼い時期に書かれたものであろう文章が目に留まった。

タイトルは『つゆ』とある。こんな出だしで始まった。


私はつゆの時期はいちばんきらいです。それは毎日毎日同じ、じめじめとした日が続くからです。外でも遊べないし、毎日がたいくつでつまらないからです。晴れた日のようにカラッとせず家の中がじめじめして毎日がいやな気分です。

この、作文特有のですます口調が微笑《ほほえ》ましく感じられる。アルバムの写真などでちらりと見かける、幼い姉の姿が目に浮かぶような気がした。歳が離れているせいもあるだろう、同じ血が流れているのに、姉の子供の頃のことは、ほとんどなにも知らない。理解し合うには、わたしたちは、あまりにも違いすぎるから。

「そんなの読んでいないで、きちんと片付けるのよ」

母は立ち上がり、再び書物の都市を跨《また》いでいった。

わたしは視線を落としたまま、はぁいと答える。これは面白い読み物を見つけてしまった。そういう気持ちだった。

母が部屋を出る前に、そうそう、と思い出したように言った。

「明後日、おばあちゃんの法事だからね。あんたも行くのよ」

母方の祖母の七回忌だという。七回忌とは、没後六年目の祥月命日に行われる弔いのことらしい。つまるところ、明後日で祖母が亡くなって六年が経つことになる。祖母については、おぼろげな記憶しか残っていない。小学生だった頃には何度も会っているはずなのに、思い出せるのは机に向かって書き物をしている後ろ姿だけだった。祖母の肩越しに滑らかに動く黒い筆の先を、わけもわからずに眺めていた記憶が甦る。そういえば、祖母も字が美しい人だったという。しかし、思い出せるのはそれくらいで、それ以上の記憶を探ろうとしても見つけられるものはなにもなく、わたしの世界では、祖母の存在があまりにも小さなものだったことに驚いた。ふと、頭を掠《かす》めた疑問がある。

「あのさ」

母に声をかけた。

「おばあちゃんって、名前、なんていったっけ」

ばかな質問かもしれない。

わたしは祖母の名前すら、憶えていなかった。

母は眼を細めて答えた。

2

母の実家へは車で一時間とかからない。

運転をしたのは姉で、車中では、彼女は母と話を弾ませて、かしましく仕事の愚痴を漏らしていた。父は元より寡黙《かもく》な人間で、わたしは彼女たちの会話に入ることができずに、じっと窓から外の景色を眺めていた。だから、あまり頭に残らない風景を見つめながら、たぶん、わたしは父に似たのだろうと考えていた。明るく騒がしい生き方を、姉は母から受け継いだのだろう。

車に揺られながら、持ってきていた文庫本を広げて目を落とす。教室だろうが、電車の中だろうが、たとえ周囲が騒がしくても、文字で構成された世界に没頭するのは得意だった。どうせ景色は退屈だし、彼女たちの会話に交ざることができるほど、おしゃべりな性格は持ち合わせていない。そのせいだろう。姉が呼びかけていることに、なかなか気付くことができなかった。何度目かに名前を呼ばれて、慌てて顔を上げる。活字を掬《すく》って構築した世界が、泡が弾けるかのように瞬《またた》く間に崩壊して、わたしの周囲から去っていった。バックミラー越しに、姉の勝ち気そうな瞳が、ちらりとこちらを見たような気がした。

「小袖《こそで》さ、春休み、どこか行った？」

「ううん」

友人と買い物に行ったり、お茶をしたりといったことはあったけれど、姉が聞きたいのはそういうことではないのだろう。この春休みは旅行へは行っていないし、他県へ足を運ぶこともなかった。高校では、そこまで親しい友人に恵まれなかったというのもあるし、親しかった中学の友人とは、進学と共に僅《わず》かばかり距離が生まれてしまったような気がする。

「だめだよぉ。あんた、本ばっかり読んでるんだからさ。たまには外に出なって。家に籠《こ》もってて楽しいか？」

楽しいよ。

そう答えることができれば良かったのかもしれない。それなのに、わたしは返事をすることができずに、文庫のページに目を落とす。そういえば、昼間に姉の姿を見るのは随分と久しぶりだなと考えた。今日は有給を取ったのだろう。基本的に、土日は夜遅くまで遊びに出掛けている人で、平日も仕事の帰りは遅くなるから、顔を合わせる時間はほとんどない。

姉は常に忙しく、そして楽しそうに毎日を送る人だった。社交的な彼女は、寝るために部屋に帰ってくるような人で、わたしとはあまりにも対照的すぎる生き方をしている。だから、わたしは外に広がる彼女の世界を知らないし、その眩しい広がりを、ときには妬《ねた》ましく感じることがある。

わたしたちは同じ姉妹でも、違う生き方をしている。この生き方を選んだのはわたしで、望んだのもわたしであるはずなのに、この胸に渦巻く感情はなんなのだろうと考えた。

文章が頭に入ってこない中、いつの間にか車は目的地に着いていた。

祖父は存命であり、今は一人きりというわけではなく、母の弟一家――、わたしにとっての叔父さん家族と共に暮らしている。幼い頃は、よく遊びに行った家だから、あまり変化のない田舎道の寂しさは懐かしいものだった。

その叔父の一人娘は、わたしより一つ年下で、千尋《ちひろ》ちゃんという。歳が近かったので、小学生の頃はよく一緒に遊んでいた。祖父の家で、久しぶりに彼女と対面することになった。元々、わたしと違って人見知りしない性格の彼女は、目が合うとにこりと笑って話しかけてきてくれる。シュシュで髪を纏《まと》めた活発そうな印象は、相変わらずというよりは、更に磨きがかかって眩しいものに見えた。年下であるはずの彼女が、若くて綺麗な、女の子、に見えてしまったから。

「そでっち、久しぶり！」

そのあだ名で呼ぶのは、今ではもう千尋ちゃんだけだ。ずいぶんと懐かしい響きだと思った。わたしはというと、奇妙な照れくささを感じてしまう。滅多に会わない従妹《いとこ》という微妙な距離感のせいか、友人と会話するように円滑にはいかないらしい。とはいえ、千尋ちゃんはそうでもないようで、気軽に言葉をかけてくる。

「ねえねえ、ちょっと上に行かない？　高校の話とか聞きたいんだけど。あ、知ってる？　あたし、そでっちと同じ高校行くんだよ」

その話は母から聞いて知っていた。わたしの通う高校は県内で有名な進学校の一つであり、そこを受験することの苦難は身をもって味わっている。正直な話、千尋ちゃんが合格したと聞いたときは、意外だと思ってしまった。恐らくは、凄まじい量の受験勉強をこなしたに違いない。

両親たちに一言断りを入れて、千尋ちゃんと共に小さく軋む板張りの廊下を歩いた。祖父の家は古かったが、楽に二世帯が住み分けられるほどの広々とした屋敷だ。千尋ちゃんは廊下の途中にある障子を開けて、「おじいちゃーん、伯母さんたち来たよー！」と声を大きくする。わたしは彼女の背中から、和室の中を覗き込んだ。畳の上でちゃぶ台に向かい、手紙に目を通していた祖父の姿が見えた。懐かしい匂いがする。祖母が生きていた頃の景色が、記憶の片隅を過《よ》ぎっていったような気がした。

祖父は顔を上げて、子犬のように小さい眼を瞬《しばたた》かせた。わたしは頭を下げる。

「こんにちは。お久しぶりです」

「おお、小袖かぁ。いや、本当に久しぶりだなぁ」

祖父は、目を通していたそれを丁寧に折り畳んで、封筒の中に仕舞った。微《かす》かに黄ばんだ、古びた封筒に見える。にこやかな表情を浮かべて、立ち上がった。

「どれどれ、皆に顔を見せるとするか」

千尋ちゃんは腰に手を当てて、呆れたように言う。

「さっきも呼んだんだからね」

「いやぁ、悪い悪い」祖父は笑いながら廊下に出る。邪魔にならないように脇に退くと、骨張った手が、ぽんぽんとわたしの頭を叩いた。わたしの場合、誰かに触れられるという経験は日常の中で稀少だ。くすぐったい感じがする。

「ちょっと見ない間に、また大きくなったなぁ」

「でも、なかなか背が伸びません」

わたしの身長は、同年代の子に比べると、平均より少しばかり低い。

「いや、女の子はこれくらいが可愛くてちょうどいい」

祖父は元気そうだった。

3

千尋ちゃんの部屋には、女の子らしい小物が揃っている。

ゲームセンターの景品であるぬいぐるみがベッドの枕元を占拠していて、サイドテーブルや机の上には可愛らしいフォトフレームで飾られた写真が並んでいた。卓上にあるのは、これもやはりキャラクターもののクリアファイルやノートであり、分厚そうな手帳は開かれていて、そこにプリントシールがぺたぺたと貼りつけられている。もちろん、元々は和室だったのだけれど、障子の代わりに優しい色合いのカーテンがかかっていた。文庫本が床に散乱しているということは一切なく、部屋というのは、主の性格が顕著《けんちょ》に現れる空間なのだと思い知らされた。わたしの部屋には、こういう女の子らしい道具というのは一つもない。揃えようと思って揃えられるものではないのだろう。これは単純に、わたしと千尋ちゃんの性格の違いであり、生き方の相違であるはずなのに、けれど、どこか妬ましく感じてしまうのはなぜなのだろう。

「座って座って」

千尋ちゃんはベッドの上を片付けて、そこをぽんぽんと叩く。腰を下ろすと、スプリングの柔らかさが、心地良くお尻に返ってくる。わたしは布団を敷いて眠るので、ベッドの軋みの感触は新鮮だった。彼女は机から回転椅子を引き出して、背もたれの方をわたしに向ける。そのまま、椅子に跨がるようにして、こちらを向いて座った。学校の椅子でおしゃべりをするみたいにして。

「ねぇ、あの高校ってどんなところなの。もうさぁ、あたしってばなんだか不安でさ。だって、ぜんぜん未知の場所じゃん。説明会とか行ったけど、なんだかよくわかんなくって」

早速、そう聞かれた。先輩として助言をしなければと思ったけれど、答えに詰まってしまう。ちょうど一年前は、わたしも不安を胸に抱いて、あの校門を潜《くぐ》ったのだと思った。高校生活といえば聞こえがいい。青春や切ない恋が待ち受けているのではないかと期待する人もいるだろう。実際、そういった微かな希望を抱いていたのは事実だったけれど、わたしはといえば、押し潰されそうになる不安の重たさの方が、遙かに大きく肩にのしかかっていた。勉強に付いていけるだろうか。友達はできるだろうか。教室で孤立しないですむだろうか——。元より悲観的な性格をしているせいなのかもしれない。千尋ちゃんは明るい子だけれども、そういう懸念を抱かない子なんて、そうはいないだろう。

「そうだね。最初に言うとね、残念だけれど、屋上には出られないから」

そう言うと、千尋ちゃんは、ぐぇ！　と声を上げて仰《の》け反《ぞ》った。いちいち反応が大袈裟で、話をしていて楽しい子だなと思う。

「やっぱりかぁ」彼女は椅子に体重を預けて、遠心力を利用してぐるりと回転してみせた。「漫画とか、ドラマとか、フツー、屋上に出られるじゃん。高校こそはって思ったのになぁ」

「だよね」わたしは頷く。「わたしも、がっかりしたもん。あ、でもね、学食は美味しいよ。どこかの大学を参考にしてるとかで、わりと広くて、メニューもたくさんあるの」

それから、いくつか入学に際して役立ちそうな情報を教えた。お昼に空いている購買の場所と、他校ではあまり見かけない文化系の部活動。入学してすぐにあるオリエンテーションの雰囲気や、わたしが所属している図書委員の活動内容など——。

「図書委員かぁ」椅子の背もたれに顎を乗せて、千尋ちゃんは吐息を漏らす。「そういう委員会ってさ、中学とそんなに変わらないんだね」

「まぁね。けれど、司書室とかはすごく居心地がいいの。先生が優しくて、遊びに行くとお茶を淹《い》れてくれるし、本の話もたくさんできるから。もう部室みたいな感覚で」

「そでっちらしいね」千尋ちゃんは笑う。「いいなぁ、そでっち、昔から頭いいもんねぇ」

「そんなことないよ」

ぎょっとして、自然と声が漏れた。どうしてそんな話に繋がるのかわからない。

「そんなことあるって。昔からそうだもん。よく本ばっかり読んでて。今でもそうなんでしょ」

彼女の言葉を耳にして、溜息が胸の内から溢れそうになった。何度も味わったことのある、その重たくて苦い感触を、辛うじて胃の中に押し込める。それはときどき、家族を含めて、周囲の人間から言われる言葉だった。本を読んでいるから頭がいい。読書をしているから真面目そう。賢い。すごい。勉強ができる。そうした偏見ともとれる言葉を耳にする度に、どう反応したらいいのかわからなくなって、戸惑いを覚える。だって、この身体の内へと物語を消化することは、わたしにとっては単なる娯楽に過ぎない。他の人たちが友達とはしゃいだり、テレビでドラマやお笑い番組を観《み》るのとなんら変わることのない行為だ。ただ楽しくて、夢中になれるから。だから、黴《かび》臭い書庫に入って、背表紙の森を探索する。図書室で、自室で、通学途中で、世界に沈んで読み耽る。どんなに難解な本だろうと、どんなにくだらない本だろうと、その本質は変わることがない。それなのに、どうしてだろう。わたしの周囲には、本を読むという行為に対して、誤った印象を抱いている人たちがあまりにも多いような気がする。

それはきっと、生き方の差なのだろう。わたしの生き方は、周りの人たちに比べて、奇妙で特異なものなのかもしれない。そう教えられているような気がする。千尋ちゃんの部屋には、文庫らしい文庫の姿を見かけない。彼女もまた、本を読まない生き方をしている人間なのだ。本が好きだと胸を張って答えられるような人たちを、わたしはあの司書室に集う仲間の他に知らないような気がした。

わたしの生き方は、たぶん、そこまで素晴らしいものではない。普通の人から見れば、普通から、少しだけ、はみ出している。

動揺は、表情に出てしまったのかもしれない。その原因に気付くことができなくとも、少なくともなにか感じるものがあったのだろう。千尋ちゃんは急に話題を変えて言った。

「ところで、そでっちは、幽霊っていると思う？」

それは、あまりに突拍子《とっぴょうし》もない質問だった。

「幽霊？」

怪談の類《たぐい》だろうか、と思わず身構えた。おかげで、憂鬱な気持ちはすぐに消し飛んだと思う。

「まぁ、幽霊というか、なんというか、ちょっと気になるところがあって」

要領が摑めない。怪訝そうな顔をして見せると、千尋ちゃんは話を続けた。

「色々と考えてみたんだけどさ、他に相談できるような人もいないし、ちょっと、そでっちの聡明な頭脳を借りてみたいな、なんて」

「どういうこと？」

「おじいちゃんのことなんだけど」

千尋ちゃんの、勝ち気そうな印象を与える眉が、額の中央に寄っていた。

「おじいちゃんが、どうかしたの？」

わたしがそう聞くと、彼女はまた椅子をくるりと回転させて言う。

「そでっちさ……。死んだ人から、手紙って来ると思う？」

4

唐突な質問だった。

可能性があるとするなら――。

「手紙を送ったあとに差出人が亡くなったり、誤配とかで届くまでに時間がかかったりした場合は、そういうこともあるんじゃないの？」

けれど、千尋ちゃんはかぶりを振った。今度は背もたれに身体を預けると、椅子の上で体育座り。くるくると椅子を回転させながら言う。ベッドに腰掛けているわたしは、目が回らないのかなぁ、とその様子を眺めていた。

「そういうのとは違うんだよね。そうだとすると、書いてから届くまでに、最低でも六年かかったことになっちゃうもん」

六年。その歳月の長さに、眉をひそめた。

「それって、誰から誰に宛てた手紙なの？」いや、そもそも――。「そんな手紙が、実際に届いたってこと？　死んじゃった人から？」

「うん」千尋ちゃんはこくりと頷く。椅子が遠心力を失って、回転を止めた。「おばあちゃんから、おじいちゃんへの」

「そんな、だって、おばあちゃんは」

今日は祖母の七回忌だ。だからこそ、わたしは今日、ここに来ている。

「だから言ったじゃん。死んだ人からの手紙だって」

わけがわからない。しばらく、呆然としていたように思う。無意識の内に、頭が情報の整理を始めていた。わたしはようやくの思いで、言葉を捻り出す。

「うそ。それって、おばあちゃんから、おじいちゃんへの手紙が届いたってこと？」

「そうだよ。だから言ったじゃん」わたしが事態を理解していないのが、少しばかり苛立たしかったのかもしれない。千尋ちゃんは溜息と共に言った。「不思議でしょ？」

「それって、いつの話？」

「うーん。一ヶ月くらい前かな」

「うそ」

「ほんとだよ」と千尋ちゃんは唇を尖らせる。

「でも……。そうだ。消印は？　いつになってたの？」

「一ヶ月前。最近だよ。正確な日付は忘れちゃったけれど」

「おじいちゃんは？　なんて言ってるの？」

「べつに。聞いても首傾げて笑ってるだけ」

「なら、いたずらでしょう？」そうとしか考えられない。「きっと、誰かのいたずらだよ」

「おばあちゃんの幽霊だったりして」

そう呟いて、千尋ちゃんは笑う。

「こら、そういうこと言わないの」

「でもさ、いたずらだとしても、気にならない？　誰が、なんでそんなことしたのかなって。あたし、もう気になっちゃって気になっちゃって。そでっち、なんか思いつくことない？」

千尋ちゃんは立ち上がると、そのままぽふん、とわたしの隣に腰掛けた。首を傾げて、顔を覗き込んでくる。

「どんな手紙だったの？　それ、本当におばあちゃんが書いたわけじゃないでしょう？」

「中身をね、こっそり覗いたんだけれど、たぶん、おばあちゃんが書いたんだと思うよ。あんな字、普通の人は書けないっしょ」

「こっそりって、おじいちゃんに黙って見たってこと」

「だって、頼んでも見せてくれないんだもん」

「そこまですることないんじゃない」

見つかったら怒られるに違いない。祖父はいつもにこにことしているが、怒るべきときにはしっかりと怒る厳格な人間だ。

「だって気になるんだもん。ほんとに幽霊だったらどうする？　あれ、絶対におばあちゃんが書いたんだと思う。よくわかんないけど、ほら、昔の人っぽい文章っていうか」

「どんな内容なの？」

「あ、そうだ」千尋ちゃんはぴょこんと起きあがり、ぱちりと指を鳴らす。「実物見た方が早いよ」

いやな予感がした。

彼女はというと、無邪気な表情をしている。

「おじいちゃん部屋にいないから、今がチャンス」

制止しようとするより早く、彼女は部屋を飛び出していく。もちろん、追いかけてやめるように言うこともできたけれど、わたし自身も胸の内に燻《くすぶ》る好奇心を自覚していた。他人の手紙を黙って覗くような真似はするべきではないのだろうけれど、その手紙がいたずらかなにかだったら、そこまでやましいことではないはずだ。と、千尋ちゃんが戻ってくるまで、自分にそう言い聞かせていた。

「はーい、お待たせ！」

千尋ちゃんの方は、気楽なものだ。部屋に戻ってくるなり、黄ばんだ封筒を差し出してくる。

「あれ。ひょっとしてこれって、さっき、おじいちゃんが読んでなかった？」

「そう？　ちゃぶ台の上に置いてあったから、そうかもね。探す手間が省けたって感じ」

脳天気な様子の彼女に呆れながら、封筒を見返す。少し黄ばんだ、どことなく古びた感のある封筒だった。無地の茶封筒。宛先住所を見てみると、間違いない、この家の住所になっている。宛名は祖父の名だった。差出人のところには、『鈴子』とだけある。字は筆で書かれたもののように見えた。

「ほら、レイコって書いてあるでしょ？」

「そうだね」

間違いない。祖母の名前は、先日、母に確かめたばかりだ。

「これを見て、おじいちゃんは、どんなふうだった？」

「なんか、驚いていたよ」

「そりゃ、そうか」

六年も前に亡くなった妻から、手紙が届いたわけだ。普通は驚く。封筒の表や裏、その他に目立った点はない。千尋ちゃんに急《せ》かされて、封筒の中から手紙を取り出した。これで、わたしも共犯だ。中にあったのは、折り畳まれた古めかしい便箋《びんせん》だった。

手紙を開いて、目を通す。ふと、妙な既視感《きしかん》を抱いた。先日、姉の作文を読み始めたときの感覚に似ている。他人の文章を盗み見ることの罪悪と、抑えきれない好奇心が同時に湧き上がってくる。

文字は封筒のものと同じく、筆で書かれたもののようだ。しかし、封筒のものと比べると、随分と流麗な文字で、かえって読みづらいくらいだった。達筆というのだろう。じっくりと、目を通す。


謹んで申し上げます。

野辺に陽炎が立つ時期になりました。

御元気のことと存じます。私もいたつて元気に過ごして居ります。

先日は突然おうかがひいたしまして申し訳ございませんでした。私も諦めはついて居りますのに、もう貴方様に鈴ちやんと言はれることがないと思へば胸が痛む思ひで居ります。

この時期になりますと、卯の雪を見に行つた彼の日を思ひ出します。御迷惑とは存じますが、機会があれば何時か再び連れていつて下さいませ。心待ちにして居ります。

私も考へた末、筆を取るのはこれで終いに致します。最後に、愛して居りましたと言はせて下さいまし。

乱筆乱文お詫び申し上げます。

かしこ
鈴子

手紙の最後には、祖父の姓名が宛名としてあり、その左下には、小さく『御もとへ』と書かれている。声には出さず、黙読してみた。千尋ちゃんはわたしの隣に腰掛けて、横から手紙を覗き込んでいる。

「うーん」

思わず呻《うめ》いた。

「ね？　不思議でしょ？」

これは考えこんでしまう。

便箋の古めかしさといい、そこに躍る墨の文字といい、祖母がかつて書いたものに間違いないだろう。

単純に見れば、ラブレターのようにも思える。しかし、複雑な事情が隠れ潜んでいるようだった。愛して居りましたと書かれているが、過去形になっており、恋を諦めたもののように見える。祖母が若い頃に書いたものなのだろうか？　それなら、どうして今頃、そんなものが届く？

「この仮名遣いは、昔に書かれたって感じだよね」

ひとまず、確実に断定できることといえば、それくらいだろう。

わたしが言うと、千尋ちゃんは笑って、「じゃ、幽霊が書いて送ってきたってオチはなしかぁ」と残念そうに漏らした。

わたしは笑って、もう一度、手紙の文章に目を通す。千尋ちゃんが聞いてきた。

「あのさ、この『野辺にヨウエンが立つ時期』って、いつのこと？」

「これは、陽炎《かげろう》って読むの」

たぶん、これは時候の挨拶に間違いないだろう。

「カゲロウって？」

「陽炎っていうのは、光の屈折で、ものが揺らいで見える現象のこと」

「蜃気楼《しんきろう》とか？」

「そう。陽射しが強くないとだめなんじゃないかな。夏かもしれない。そうなると、夏に書かれた手紙ってことになるけれど」

しばらく、わたしたちは首を傾げていた。陽炎に関して、インターネットで検索して詳しく調べる、という安易な方法を思いついた頃に、千尋ちゃんが言う。

「おじいちゃんって、おばあちゃんのこと、レイチャンって呼んでたのかな。なんかギャップあるな、ちゃん付けなんてさ」

レイチャン？

ふと引っかかって、手紙の文章を見下ろした。

なるほど、すっかり『鈴ちゃん』を『スズちゃん』と読んでしまっていたけれど、レイコと名前を読むのだから、ここは当然、『レイチャン』になるのだろう。

「まぁ、若かったときでしょ。きっとそうだよ。この手紙、絶対に古いと思う」

「どれくらい？」

「さぁ、五十年くらい前じゃない？」

我ながら、ひどいあてずっぽうだった。根拠はない。

しかし、失恋したようにも読める文面だ。祖母と祖父は結ばれているのだから、二人が若かった頃に書かれたという点は、きっと間違いないことだろう。

それでも、千尋ちゃんは不服そうに唇を尖らせる。

「それがなんで今頃届くわけ？」

「それは――」

過去に書かれた手紙。それが、今頃になって届く理由とはなんなのか――。

そこに、合理的な解釈を見出すことは、難しい。

正直なところ、見当が付かない。千尋ちゃんを見ると、双眸を大きくして、期待の眼差《まなざ》しでわたしのことをじっと見つめていた。頼りにされている、のだろう。

苦し紛れに、自分なりの答えを見つけ出そうとした。

「ほら、なんか、事故みたいなのがあって、ものすごく配達が遅れてしまった、とか……」

「この郵便番号、七桁になってるよ。七桁になったのって、あたしが生まれた頃だって聞いたことあるもん」

「あ、そうか……」

千尋ちゃんの言葉はもっともだ。確かに封筒に書かれた郵便番号は七桁だし、祖父も昔からこの場所に住んでいるわけではないだろう。そもそも、そんな昔と現在とでは、はたして住所の表記が同じなのかどうかも怪しい。封筒に書かれた文字と、便箋の文字を見比べると、明らかに書いた人間は別人だ。茶封筒の方は時代を感じさせる古めかしさだったが、書かれた文字は新しいもののような気がする。七桁の郵便場号も同様だろう。何者かが、古い封筒に住所を書き加え、最近になって郵送したのだ。けれど、誰が、なんのために、どうして今になって、そんなことをしたのだろう。

わたしの推理力では、それ以上は合理的な説明をつけられそうにない。元より、小説の中でも推理小説は苦手な方だ。単純に謎を追いかけて不思議がり、ものの見事に騙《だま》されて驚きを味わうような人間だから、推理力なんてないに等しい。それはそれで悔しい気もするので、そんなことを溜息交じりに言ったら、とても素直で、良い読者ね、と優しく笑ってくれた人がいた。小袖さんは、それだけ世界に没頭して、登場人物と心を重ね合わせることができる人なのねって――。

ふと、思いついた。わたしには無理でも、あの人ならこの謎を解き明かしてくれるかもしれない。これまでに、いくつもの不可解なできごとを解きほぐし、目に映る世界に対して、けれども、ちょっと待ってと、そう思慮する時間の大切さを教えてくれた、彼女なら。

いいや、とわたしは考えを打ち切った。これは、今までの問題に比べれば、真剣になって解きほぐそうとするほどのことではない気がする。わたしとは、直接の関係がないものなのだから。

「まだよくわかんないことあるんだよね」

ふと、千尋ちゃんが手紙の文章を指さして言った。

「この卯の雪って、なに？　あと、カレの日って、誰の日よ？」

「卯の雪かぁ」うーんと首を傾げてみる。とりあえず連想したのは、「ウサギ？」

「おじいちゃんと、おばあちゃんが、カレの日にウサギを見に行ったってこと？」

「さぁ」

さっぱりわからない。二人して首を傾げていると、階下から声が届いた。千尋ちゃんのお母さんに呼ばれている。そろそろ時間らしい。

5

お坊さんの上げる低く唸《うな》るような声が、お腹の底にまで延々《えんえん》と響いてくる。それは力強い呪文だった。

正座は苦手だ。昔の日本人は、よくこんな座り方を思いついたなと、常々思う。痺《しび》れよりは、自分の体重の負荷が足首にかかって、姿勢を維持するのがひどく難しい。堪《こら》える表情が表に出たのだろう。姉と目が合うと、彼女は涼しい顔をしたまま、微かに唇の端をつり上げた。書道をしていたから、正座はお手の物なのだろう。姉は昔から、こうなのだと再認識する。なにをやらせても涼しい顔をして、失敗することがない人なのだ。それは勉強にしても、愛嬌にしても、変わらない。お経が終わり、本堂から出る頃には、祖母には申し訳ないけれど、ようやくまともな姿勢で歩けることとの解放感でいっぱいになっていた。

大勢の親戚が集まった。こういう機会でもなければ、滅多に会えないような人とも顔を合わせることになる。幼かった頃、よく遊んでくれたはとこがいて、その人の顔を数年ぶりに見かけた。幼い頃の記憶だったので、名前を思い出すのに苦労してしまった。お経を聞いている間、正座の痺れと闘いつつ、必死に記憶を漁《あさ》っていた。いったん気になり出すと、そればかり考えてしまう。そうだ、啓介《けいすけ》さんだ、と頭に浮かんだときには、一仕事終えたときのように、ほっと溜息が漏れた。

法事を終えたあと、お寺の門をぼうっと眺めていたら、その啓介さんが話しかけてくれた。

「小袖」

彼はわたしよりもずっと年上だ。たぶん、三十過ぎだろう。無精髭を生やしているけれど、だらしないという感じが不思議としない。こうして改めて顔を合わせると、なかなかの二枚目だということに気が付く。今も眠そうな顔をしていて、それは記憶の中とさして変わらなかった。母の話によれば、随分と面倒見の良い人で、彼に預けられたわたしは、よく車であちこちのショッピングモールに連れていってもらったらしい。記憶力は良い方だと自負しているのに、幼い頃のことになると、不思議とすっからかんになっている。彼の運転する車の、助手席から眺めていた景色だけが、微かに頭の片隅を過ぎっていった。

「こんにちは」

頭を下げた。彼の視線が、どうしてかくすぐったくて、わたしは黙り込んでしまう。幼い思い出からは、もう時間が経ちすぎていた。一言で言えば、男の人と話すのは、照れくさくて慣れない。

「高校生になったんか」

制服を着ていたからだろう。わたしを眺めて、啓介さんが言った。

「この春で二年生です」

少し俯《うつむ》き加減に答えると、不恰好に長い自分のスカートの裾が見えた。子供っぽい脛《すね》だと思う。法事だから特別にスカートを長くしているわけではなく、普段から丈は変わらない。校則は厳しいが、同じ教室の子たちが放課後にする恰好と比べれば、ひどくやぼったい恰好に見えた。

高校二年生。

どうして、今、そんなことを考えるのだろう。

「お袋さんが、先に行ってろって」

顔を上げると、啓介さんは背後を見やって、お寺の中庭を指し示していた。大きな銀杏《いちょう》の根元で、親戚の人たちと話し込んでいる母たちの姿が小さく見える。

本堂の方から、姉と千尋ちゃんがやってきた。二人は仲むつまじそうに会話を弾ませている。姉はご機嫌のようだった。二人とも人見知りしない性格だから、会話が進むのだろう。

「先に行ってろって」姉が啓介さんと同じことを言う。それから、啓介さんを見て笑った。「なんだか、ナンパしているみたい」

啓介さんを見上げる。彼は眉をひそめて不服そうな表情を見せた。

「俺は不審者か」

祖父の家まで、四人で歩いた。親戚とはいえ、話をする機会はほとんどない間柄だから、少しばかり気まずい。

「なんか、妙な組み合わせ」

沈黙を破るように、ふと千尋ちゃんが言った。

「そう?」と姉が聞き返してくる。

「えー、滅多にない組み合わせですよう」と、千尋ちゃんは声を上げる。

「お前たちは憶えていないだろうけれど」前を歩いていた啓介さんが、ふと肩越しに振り返って言った。「一緒に、ぎゃーぎゃー泣いているところを、面倒見たもんだよ。それ以来かな」

「そうそう」

姉が笑いながら頷く。

幼い頃の記憶を探るが、やはり思い当たらない。千尋ちゃんも、それは同様だったらしい。彼女は頰を膨らませて聞く。

「それっていつのこと？」

啓介さんは親指と人差し指で五センチほどの長さを示した。一寸法師だ。

「なにそれー」と千尋ちゃん。

「わたしもあまり憶えていません。よく車に乗せてくれましたよね？」

「回転寿司に連れていったりしたなぁ、お前、おいなりさんしか食べないんだよ。わざわざ回転寿司に行きたいとか言っておいて、おいなりさんだよ？」

啞然《あぜん》としてしまった。もっと美味しいものをねだればよかったと思う。

「お前の祖父《じい》ちゃん家に遊びに行くとな」啓介さんは、今度は千尋ちゃんに向かって言う。「そうとう嫌われていたのかなぁ。よくゴムボール投げつけてきたんだ。入るなり毎回だ。女の子のすることとは思えないだろ。懐かしいな。今は祖父さんの家、ほとんど行かないからな」

「おじいちゃんにも、しばらく会っていなかったんですか？」

「いや、祖父さんには先月も会った。ほら、俺のばあちゃんの葬式があったから」

「啓介さんの、お祖母ちゃんって……」

確か祖母の妹だったはずだ。あの子はおばあちゃん子だから、とよく母が話していた気がする。

「ぜんぜん記憶にない」千尋ちゃんはまだ記憶を掘り返しているところらしい。「ゴムボール？　なにそれ？」

「あたしも攻撃されたことあるよ」姉が笑って言う。「うん、千尋は、昔から活発だったね。野球とか好きだったんじゃない？」

「いったいいつのこと？」

千尋ちゃんは途方に暮れている。

「十年くらい前だと思う。あたしが中学生だった頃だから。うん、あたしも、よく小袖を泣かしていた」

そのことを思い出しているようで、姉はほくそ笑んでいる。可愛がられるよりは、喧嘩をして泣いていたときのことをよく思い出すのは確かだった。

「そういえば、そでっちとお姉さんって、歳いくつ離れてるんだっけ？」

千尋ちゃんが首を傾げる仕草をした。

「八つだよ」

わたしが答えると、千尋ちゃんは驚いたようだった。

「ええっ、そうだったっけ。うわー、すっごい離れてるんだね」

「そうだよ。この子、間違って生まれてきちゃったからね」

姉が大きな声で笑い出す。

啓介さんも千尋ちゃんも笑った。

冗談だということは、わかっている。

だから、わたしもつられたように笑った。

6

姉との間に、奇妙な隔たりを感じるのは、なぜだろう。
八つ違いという、歳の差がもたらす影響は大きいかもしれない。わたしたちは、ほとんど会話を交わすことがない。趣味嗜好はまったくといっていいほど正反対で、性格もまるで違うから、内向的で読書ばかりをして部屋に籠もっているわたしと、社交的で夜遅くまで遊び歩いている姉との間に、共通の話題を見出すのはひどく難しかった。この薄い壁を隔てた向こうで、同じ屋根の下、一緒に暮らしているというのに、その存在は遠く彼方、違う世界に生きている人のようだった。

姉妹という感覚すら、あまりない。なにを話したらいいかわからなくて、家の中で彼女の姿を見つけても、声をかけることはほとんどなかった。だから、姉と面と向かって話をするようになったのは、彼女が大学を出て働き出してからだと思う。仕事の疲れもあるんだろう。前はさっぱり顔を合わせなかったのに、ときおり仕事帰りの夜や休日に、居間で寛《くつろ》ぐ姿を目にすることが増えてきた。それでも、姉は未だに、わたしとは違う世界に生きている人だと感じる。

社交的な性格はもちろん、華やかな服を着こなす感性や、外で過ごす充実していそうな毎日は、わたしにはとても眩しいものに感じる。わたしが一人で部屋に籠もり、黙々と本を読んで過ごしている間、彼女はどんな生き方をしていたのだろうと想像すると、たまらなく悔しく、寂しい気持ちに襲われた。同じ血が流れる姉妹とは思えない。それなのに、血の繋がった姉妹なのだ。彼女の方が眩しい世界に祝福された完成度の高い適合者で、わたしはこの暗い部屋に閉じこもったまま、寂しい生き方をしているんじゃないかって、そう考えてしまうことがある。

暗い天井はひどくつまらなくて、息を潜めたような室内は、静かだ。
この春休みの間は本ばかり読んでいたので、他人に余計な気を遣わずに済んでいた。それが、久しぶりに親戚の人たちと顔を合わせたりして、疲れが出てしまったのかもしれない。帰宅して夕飯の片付けを手伝ったあとは、早々に部屋で寝転んでいた。そのままうとうとと瞼《まぶた》を閉ざすことに惹かれたけれど、時間を無駄にしているなと思い直して、身体を起こした。

憂鬱な気持ちを振り払うように、部屋の明かりを点ける。お風呂に入ろうかと思ったけれど、たぶん、姉が入っているのだろう。二階に戻ってきた気配はない。

本でも読もうと思い、机の上に積み重ねられているそれに目が留まる。

いくつかの童話の本と、束になった原稿用紙。

啓介さんに、幼い頃のことを言われたせいかもしれない。姉の幼い姿は記憶になかったけれど、この原稿用紙の中に、そのかけらが眠っているのだと考えると、少しばかり興味を惹かれた。

作文を手に取り、ベッドに腰掛けて、ぱらぱらと捲ってみる。

勝手な偏見だろうけれど、小学生の作文のタイトルというのは、どれもこれもお決まりの定型文でつまらないと思う。少なくとも、わたしの場合は、どこどこへ行って、とか、なになにを読んで、とか、楽しかった運動会、みたいなものしか書かなかったような記憶がある。幼かった姉の作文も、似たようなものだ。

その中に、一つ、目を惹くタイトルがあった。

『たらこ口びる』とある。

私は友達に、たらこ口びると言われることがあります。私はたらこ口びると言われると、言ったひとのことをなぐりたい。そんな気持ちです。

たらこ口びると言ったひとは、自分だって言われればいやなはずなのに、なんで言うのかなと思いました。

ひとに言う前に考えてほしいと思います。


奇妙な感覚を抱いた。

心の片隅で、もやもやと燻るような余韻があった。

それは、黙って作文を読んだことへの、負い目からくるものなのかもしれない。それでも、掌《てのひら》に眠っていた文章から立ちのぼる想いに、わたしの気持ちは不思議と昂揚している。ここには、わたしの知る人間の、見えなかった過去が書かれている。そこに人生の断片、本物の物語を見つけたような気がした。人間というのは、きっと生きている中で、たくさんのことを考えて、そしてその気持ちを、誰に告げることもなく過ごしていくのだろう。

その、消えてなくなってしまうはずだった想いが、この手の中に眠っている。

ベッドに寝転がりながら、次の作文に目を通した。

『私の家族』というタイトルに目が留まる。

ぼんやりとしながら読み進めて、途中で、微かに息を震わせた。

こう書かれている。


妹はうるさいので、困ってしまいます。いつも泣いてばかりで、お母さんは忙しそうです。私が気に入っていたタオルもとられてしまったし、ずっと前の服やクツもあげなきゃいけません。けんかをして妹が泣くと、私は悪くないのにお母さんにしかられてしまいます。お姉さんなんだからしっかりしないといけないのです。妹は泣いてばかりです。だから、妹はあまり好きじゃないです。

妹はあまり好きじゃないです。

わたしはその文章をじっと眺めていた。

いつの作文だろう。字が綺麗だから、きっと高学年のとき。わたしはまだ小学生にもなっていない。ずっとずっと昔のことだ。それはわかっている。

それなのに、ほんの少しばかり息苦しいのは、どうしてだろう。

――そうだよ。この子、間違って生まれてきちゃったからね。

「小袖、お風呂空いたよ」

唐突に、扉の向こうから声が響いて、身体がびくりと震えた。

姉の声だった。

7

千尋ちゃんとは、駅前で待ち合わせた。久しぶりに見る彼女の私服姿は、わたしの感性からすると、少しばかり派手すぎるように感じてしまう。季節は春だけれど、未だに肌寒い気候が続いている。それにもかかわらず、彼女の穿《は》いているスカートはとても短くて、細く折れそうな脚が印象的だった。きっと放課後になると、制服のスカートも短くする子なんだろう。それは、わたしには無縁の眩しさだと思った。自分の地味な恰好を意識して、それがなんだか気恥ずかしくなる。これでは、どちらが先輩なのかわからない。

　近くまで買い物に行く予定があるので、会えないかと彼女からメールをもらった。友人からの誘いもなくて退屈していたし、欲しい新刊があったのでちょうどいい。千尋ちゃんは、あの手紙に関して強く興味を持っているらしく、メールの末尾に文面を写真で撮ったものが載っていた。ご丁寧に、文字が見やすいよう、アプリで補整をかけているらしい。わたしはというと、幽霊が送ってきた手紙などという話は、そのメールが届くまで綺麗さっぱりと忘れてしまっていた。

　何年も昔の手紙が、時を隔てて届けられた、その理由はなんなのだろう。そもそも、本当に祖母が書いた文章なのかも怪しく思えてきた。いたずらという可能性もある。しかし、こんないたずらは聞いたことがない。こうした問題にうってつけの相談相手はいるものの、わたしはその人の連絡先をなに一つ知らない。わたしの携帯電話に収められた連絡先の件数は、きっと同年代の子と比べれば、ずっと少ないのだろう。活字を掬い、文字を吸収し、指先で紙を捲り上げても、わたしの身体に、いったいなにが溜まるのだろうと考えた。そんなことをしている間に、明るくにぎやかな彼女たちは、友達を増やして、言葉を重ねて、充実した日々を過ごしているんじゃないだろうか――。

　わたしたちはお店を巡りながら、他愛のない会話の間に、手紙に関する話を少しばかり交わした。いつしか、千尋ちゃんと話をすることに抵抗はなくなって、懐かしい親戚の子というよりは、可愛らしい後輩というふうに彼女を見る目は変化していた。書店に入ったときは、気軽に趣味の話や漫画のことなんかを話題にするようになって、自然と笑い合っていた。昔に戻ったようだ。

　買い物を終えて、スターバックスの二階、窓際から通りを見下ろせるような席に並んで座った。

「ごめんね、付き合ってもらって」

いくつもの紙袋を足元に置いて、千尋ちゃんは笑う。彼女は艶《つや》のある唇で、フラペチーノのストローを咥《くわ》えていた。もしかしたら、グロスの類を塗っているのかもしれない。本当に、年下とは思えなくて、溜息が漏れる。高校の友人にも、薄く化粧をしている子は多いし、休日に遊びに行くときは潤った唇を目にする機会も多い。世間からはお堅い進学校と思われているのかもしれないけれど、入学した女の子たちは、それまでの鬱憤《うっぷん》を晴らすように放課後になるとがらりと変身してしまう。

わたしは、普段とは変わらない自分のまま、そんな彼女たちを遠くから眺めていた。

幼かった頃は、魔法に憧れた。千尋ちゃんもそうだったと思う。アニメでも、漫画でも、魔法少女が活躍するお話は大好きだったし、小説の中で描かれる幻想と魔法の世界に暮らしたいと願っていた。もしかしたら、それは今も変わらないのかもしれない。特別な魔法。その呪文を囁《ささや》くことで、ありふれた世界で退屈に生きる自分が、輝かしい舞台の上、特別な何者かに変化することができるなら。

千尋ちゃんは、あのとき憧れていた魔法を、既に身につけているようだった。

「大丈夫。どうせ暇だったから」わたしは笑って答える。「それにしても、ずいぶん色々買ったね」

「うん、まぁね」千尋ちゃんはにこりと笑う。「入学祝いにおこづかいもらったから」

彼女の買い物は洋服がほとんどで、お会計のとき、財布からちらりと覗く一万円札に目を剝《む》くような気持ちになった。洋服に、あんなにお金をかけるなんて信じられない。本が何冊買えるだろうと計算してしまった。彼女は駅ビルの中にあるお店を巡って、あれが可愛いこれが素敵と声を上げていた。友人の買い物に付き合った経験はあるけれど、わたし自身は、そんなところで洋服を買う気概も財力もない。近くのファッションセンターでいいじゃない、と考えてしまうのだけれど、それこそが、わたしと千尋ちゃんとの間にある、決定的な違いなのだろう。

そして、それはきっと、姉との隔たりに感じるものと似たなにかなのだと思う。

姉はわたしとは違う。魔法できらきらと煌《きら》めいて、明るいスポットを浴びた世界に生きている。姉も、千尋ちゃんも、思い浮かんだ友達も、彼女たちは物語の主人公で、わたし自身は陽の当たらない陰に生きる背景のようなものなんじゃないかと、そう感じる。

「わたしにも、進級祝いとかあればなぁ」

「進級なんて、学校に通っていれば普通にできるじゃん」千尋ちゃんはあっけらかんと言う。

「こっちは、毎日毎日勉強して、お母さんの小言に耐えて、大変だったんだから。まぁ、そでっちもそうだったんだろうけれど」

「そりゃそうだよ」

受験のときの記憶は苦いものだ。教室中の空気は張り詰めて、友人たちからは焦りの表情が見え隠れする。自由に消費することのできる時間は消えて、休日に遊ぶこともできずに、なにかしらの疑問を抱きながら、難解な問題集を必死になって解いていく。小袖ちゃんはいいよね。友達に悪びれもなく、そう告げられたことがある。小袖ちゃんは、頭がいいから、そういうところ狙っても平気な感じがする。余裕そう。

窮屈な時間の檻に閉じ込められて、懸命に勝ち取ったものは、なんだったろう。

友達の中に、わたしの志望校を受験する子は一人もいなかった。

急に、みんなして、遠くへ行ってしまったみたいに。

「ねぇ、あの手紙って、やっぱりいたずらかなぁ」

唐突に話題を切り替えて、千尋ちゃんが言う。彼女は硝子《ガラス》窓からの、寂しい街の様子を眺めている。いくつもの雑居ビルに遮《さえぎ》られて、見える景色はわびしい。

わたしは、クリームを押し込むようにして動かしていたフラペチーノのストローから、手を離す。

「そうだね。けれど、いたずらなんだとしたら、どうしてそんなことをしたのか、誰がやったのか、どんな目的なのか、わからないこと、いっぱいあるんだよね。そもそも、おばあちゃんが書いたのかどうかも怪しいでしょ」

「おばあちゃんが書いたんじゃないなら、誰が書いたの？」

「うーん、わからない。でも、手紙の感じは古かったし、やっぱり、おばあちゃんが書いたって考えた方がいいのかなぁ。何十年も前に書いて、届けずに仕舞っていたものを投函したとか」

「それが、どうして今頃、おじいちゃんに届くわけ？　おばあちゃん、死んじゃってから六年も経ってるんだよ」

「そうだよねぇ」

千尋ちゃんは、ずるるっとストローで音を鳴らしながら。

「まあ、おばあちゃんは死んじゃってるわけだし、おばあちゃんが生きていた頃に書いた文章だって、仮定しようじゃん」

「うん」

「だとすると、いつ頃に書いた手紙なのかって問題があるよね。内容はさ、絶対、恋を諦めた別れの言葉って感じだったもん。なんか、すごい若い感じがする」

「結局、恋は実ったわけだから、書かれたのは結婚する前ってことになるよね。何十年前のことなんだろう」

「戦争中とか？」

「さすがに、もうちょっとあとだと思うよ。たぶん」

祖父の年齢を思い出そうとしたけれど、記憶にないことに気が付いた。八十はとうに過ぎているはずだ。母も千尋ちゃんのお父さんも、遅くに生まれた子だったと聞いたことがある。

二十歳で結婚したと仮定すると、六十年は前になる。映画や教科書の中でしか触れられない時代だ。

「結婚する前だとすると」わたしは呟く。「なにか、一度、別れるようなできごとがあったけれど、そうした障害を乗り越えて、なんとか結婚することができた、っていう感じなんだろうね」

祖父の人生について想いを巡らせることになるなんて、これまで考えてみたこともなかった。彼がどんな少年時代を、青年時代を過ごして、恋をしたのか、想像を膨らませてみると奇妙な気持ちになる。

「わかった」

千尋ちゃんは唐突に言った。

「なにが？」

「きっと、おじいちゃんとおばあちゃん、駆け落ちしたんだよ。うん、親に反対されるとかしてさ。それで、おばあちゃんはいったん恋を諦めたわけ。それでも、おじいちゃんは諦めなかった。こう、二人で手を取り合って……」

自分で言葉にしていて、おかしく思えたのか、千尋ちゃんはくすくすと笑い出す。

「ああ、なんかだめ。傑作。もうね、頭の中で、おじいちゃんとおばあちゃんが、手を取って走っている映像が流れちゃって。ああ、感動だよう。映画化だよう。全米が泣く」

涙が滲むほどおかしそうに手を叩いて、今にも椅子から転げ落ちてしまいそうなほどだった。

少し離れた席に座っていた背広姿の男性に睨まれて、わたしたちはぴたりと笑うのを止めた。

千尋ちゃんは、こほんと咳払いをして。

「とにかく、そういったことがあったなら、手紙の内容には説明がつくでしょ」

「けど、根本的なところが解決してないよ。どうして今頃、その手紙が届いたのか、誰が送ったのか、どうしてそんなことをしたのか……」

「それは、うーん、なんだろうなぁ」

伸びをして、千尋ちゃんは身体を反らす。

そろそろ夕刻だった。ぼんやりとした薄い雲が、夕陽を受けて灰色に曇っていく。天候が良くないせいか、茜色の景色は見られない。空は曇り空。白っぽい青。

「おじいちゃんに聞いてみたら。そんなに気になるなら」

それがいちばん、手っ取り早い。

「おじいちゃんだって、手紙を見たときに首を傾げてたもん。聞いたってわからないだろうし、盗み見たのバレると怖いし」

「それなら、潔く諦めるとか」

「ええっ、気になるよう」駄々をこねるように、彼女は唇を尖らせた。「だって、不思議じゃん、普通、こんな不思議なこと滅多に起きないもん」

それより、手紙の文章に、なにかヒントないかなぁ。千尋ちゃんはそう言って、携帯電話を取り出した。手紙の文面を写した画像を表示させて、それをじろじろと眺め始める。

「いちばん謎なのは、やっぱりこれなんだよね。卯の雪と、カレの日。ちょう謎じゃん」

「卯の雪ねぇ」

わたしはぼんやりとしながら、頰杖を突いた。

卯の雪。雪は、そのまま解釈するなら、スノウの雪だろう。

問題は卯。

卯で思いつく言葉は、十二支の他に……。

「卯月の、卯？」

「ウヅキ？」千尋ちゃんはそっくり繰り返した。「ああ、皐月《さつき》とか、如月《きさらぎ》とかの」

「そう。あとはウサギだよね」

「卯月って何月のこと？」

「卯月は、えっと、四月だよ」

今は、四月だ。

ふと気になって、千尋ちゃんに聞いてみた。

「手紙って、いつ届いたんだっけ？」

「先月だよ。言わなかったっけ？」

「そっか」

手紙が今月になって届いたというのなら、書かれた内容と送られた時期が符合することになる。

けれど、その線も外れのようだ。

「それより、四月ってぽかぽかじゃん。雪なんて降らないよ」

「だよねぇ」

祖父も祖母も、関東の生まれだったはずだ。

まだ肌寒い日が続くとはいえ、この辺りで四月に雪が降るとは思えない。

四月に降る雪。

卯の雪。

結局、二人であれこれ知恵を絞ったものの、めぼしい答えは出てこなかった。

外に出てみると、まだまだ空気は暖かく、空も明るい。灰色の絵の具で薄められたような青で、濁って見える。千尋ちゃんは、混んでいる大通りを避けて、人通りの少ない路地を進んだ。背の低いビルに左右を挟まれた、静かな通りだ。流行《はや》ってなさそうな美容院だったり、看板の汚れたラーメン屋だったりと、古くから居を構えているお店が並んでいる感じがする。喧噪とは無縁の場所を、千尋ちゃんはマイペースに進んでいく。しばらく、わたしは従妹に対する気おくれを思い出したように無言だった。黒猫が、千尋ちゃんの前を急ぎ足に通り過ぎていく。

「黒猫だ」

重苦しい息を吐くように、千尋ちゃんは呟いた。わたしは猫の消えていった狭い道に目をやりながら聞く。

「猫って、きらい？」

「ううん、違う。だって、黒猫だよ。目の前を横切っていくなんてさぁ、なんだか不吉すぎて、運勢最悪じゃん」

そういえば、そんな迷信があるなぁと思い出した。気にもしていなかった。

「千尋ちゃんって、占いとか、そういうの好き？」

まぁね、と彼女は照れくさそうに笑う。

なんとなく、微笑ましい返事だと思った。

とはいえ、わたしもテレビの占いで運勢が良かったりすると、内心、よしとガッツポーズをとりたくなるような人間だ。もちろん、悪い結果だった場合は、信じないことにしているけれど。

「色々と、不安なんだよね」

彼女の方が、歩くスピードが速い。わたしは彼女の表情を覗《うかが》えずに、問い返した。

「なにが？」

急に、彼女の肩が小さくなったように見えた。

先を歩きながら、千尋ちゃんが声を漏らす。

「ほら、高校。どんな感じなのかなぁとか、教室でうまくやれるかなぁ、とか。あたし、そでっちと違って、もともと勉強得意じゃないから。なんか、振り落とされちゃったらどうしよう、みたいな」

ほんの少しばかり、意外に感じた。

千尋ちゃんの口から、そういう不安を聞くなんて、考えたこともなかったから。

彼女は不意に立ち止まって、振り返る。少女の黒髪が、ふわりと揺れた。

唇が囁くように動く。

眼差しは、地面に落ちていた。

「勉強って、なんのためにするのかなって、感じるの。意味がわからないまま、なんだか、親とか、先生の言うことばかり聞いて、自分ではなにも決めないで、とにかく、必死に勉強したんだけれど。あたし、このままでいいのかなぁ、とか。なにか意味のあること、してるのかなぁ、とか」

言葉を探したけれど、なにも言えなかった。

「よくわかんないんだよね」千尋ちゃんは力なく笑った。「高校行って、なにしたらいいのかなあって。身分不相応のところ、選んじゃった気分で、落ち着かなくなる」

答えなくてはならない。

そう感じた。

それはなにも、この春から、わたしが彼女の先輩になるから、という理由ではない。

千尋ちゃんの胸に仕舞われていたその不安は、わたしも知っているから。

彼女だって、先の見えない未来に、脚が竦《すく》んでしまうこともあるのだと知った。

けれど、言葉はなにも見つからない。

精一杯に見渡したけれど、なにもない。

だから、わたしはごまかすみたいにして、笑って答える。

「わたしも、わかんない」

千尋ちゃんは顔を上げて笑う。

「そでっちはさ。あたしは、このために勉強したんだぞって、そう感じるもの、ある？」

答えられなかった。

ただ漠然と、わたしは、なんで学校に通っているのかなぁと考えた。

勉強をするため？　友達に会うため？　大学に行くため？

そのどれも違うような気がするけれど、だからといって、なにかを手にすることができた実感はない。これから、なにかを得られるのだろうという予感もない。

この生き方を選んでいるのは、自分のはずなのに。

いつだって不安で、他人が妬ましい。

「わからないよ、わたしだって」真剣に考え込んでしまう自分をばからしく感じてしまって、溜息のような吐息が虚空に流れた。「でも、そう考えると、将来とか、不安になっちゃうね」

「本当はね、ちょっと悔しいんだ」千尋ちゃんは、肩を丸めて、俯いたまま言葉を零《こぼ》した。「そでっち、頭いいじゃん。だから、あたしの母さんってば、いろいろとうるさいんだよね」

「それって」

どきりとした。

「なんでもかんでも、そでっちと比べるんだもん。無理だよ。勝てるわけないじゃん。真似できるわけないじゃん。あたしね、本当は、もっと簡単な高校でも良かったんだ。それでもやっぱり、変なふうに期待されると、それに応えたくなるし、負けるのも悔しいっていうか……」

半ば愕然とした気持ちに襲われながら、わたしは千尋ちゃんの落ちた肩を眺めていた。

考えてもいなかった。

わたしの存在が、千尋ちゃんに対して、重荷を与えていただなんて。

「ごめん」

わけもわからず、そうとだけ呟いた。

「べつに恨んでるわけじゃないよ」彼女は振り返って、ぷっと吹き出す。よっぽど、わたしが深刻な顔をしていたのかもしれない。「やだなぁ、そでっちは、なにも悪くないじゃん」

彼女は、そう言って明るく笑うけれど、わたしは、それは本当だろうかって、言いようのない不安を抱きながら、目を落とす。

「でも、なんだか」

「いいってば。ああ、言うんじゃなかった」

千尋ちゃんは笑いながら、身体をくるりと回転させる。彼女の手にある買い物袋が、遠心力に誘われてふわりと持ち上がった。

もしかして、千尋ちゃんは、わたしのことを恨んでいるのかもしれない。そうでなくとも、なにかしらの複雑な感情が、その笑顔の陰で燻っているはずだと思った。眩しい煌めきの世界に住んでいる千尋ちゃん。わたし自身が、彼女に対してそうした劣等感を抱いているのと同じように。

「けれど、そっかぁ、そでっちも、将来のこと、不安なんだね。なんだか安心した」

たまに考えちゃうんだよね。と、千尋ちゃんは言う。

「自分が、どうやって生きていけばいいのかわかんなくて。高校行って、大学に行って、そのあとはどうするのかなぁとか。就職したりして、結婚するのかなぁとか。それからどうなるんだろう。どうしたいんだろう。あたしってば、なにがしたいんだろうって。ねぇ、考えすぎかな」

どうやって生きたらいいだろう。

底の見えない暗闇のように、深い穴が顔を覗かせる。

考えすぎかもしれない。けれど、それに気付かないまま歩みを進めるわけにもいかない。目を背《そむ》けたまま、なにも考えずに生きられるほど、大人ではないから。

わたしは千尋ちゃんに対して、なにも答えられなかった。

8

千尋ちゃんと別れたあと、古書店を巡った。とりたてて目当ての本があるわけではなかったのだけれど、まっすぐに家に帰る気分にはなれなかった。たぶん、わたしは一人になりたかったのだろう。背表紙に惹かれて本を手に取り、ページに目を這わせても、なにも頭には入ってこない。胸の内を占めるのは、漠然とした不安と焦燥で、それらを整理するべく、とりとめのない思考で頭の中は溢れていた。薄暗い古書店の奥で、ページを捲りながら考えていた。整頓しきれない問題がない交ぜになっていて、胸の奥がむかむかとしていた。千尋ちゃんの悩んでいること。彼女が抱いていた感情。わたしが感じている劣等感。そして道筋の見えない、将来への漠然とした焦燥。生き方の違い。

無意味に十数ページを捲ったあと、溜息と共にお店を出た。どれも、大した問題じゃない。それでも、わたしは考えすぎなのだと自分を納得させることができなかった。昔からこういう性格なのだろう。落ち込んだときは、一人街を歩きたくなる。感傷に浸りながら、思い悩むことができる。答えは見つからなくても、考えるふりをすることで、少しばかり楽になれるような気がするから。

それは逃避なのかもしれないけれど。

静かな時間は好き。

一人きりの街。一人きりの電車。一人きりの部屋。

駅前のペデストリアンデッキを歩いた。

タクシーが数多く駐《と》まるロータリーを覆うように、この公共歩廊は張り巡らされている。昼間だろうと夜だろうと、ここは多くの人たちで賑わっていた。単なる通路にとどまらず、広場やベンチが点在していて、そこにたむろする若者の姿が多い。ティッシュを配り、看板を掲げて地道な仕事に励んでいる人たちもいれば、アンプを配置してギターを鳴らしているグループと、彼らの歌声に聞き入っている高校生の女の子たちの姿も見える。既に日が暮れかけて、背広姿の男の人たちも目立ってきた。空は暗くなったのに、ビルやデパートのネオンがもたらす輝きは煌々《こうこう》としていて、薄闇の中でもめいっぱいに輝いている。

その眩しさの中、駅から吐き出されてくる人々の流れに逆らうようにして、歩いた。

みんな、そんなに急いで、どこへ行くんだろう。

わたしは、どこへ行けばいいんだろう。

ふと立ち止まり、空を見上げた。デッキの手摺《てす》りに背を預ける。星は見えなかった。

けれど、歌声が聞こえた。

寂しげなギターの音色に合わせて流れる、囁くような女性の歌声だった。溜息のように、子守歌のように、儚《はかな》い声が風に乗って運ばれてくる。とても静かな歌声なのに、不思議とよく透《とお》るその声音は、聞き間違えることはなかった。わたしはこの歌声を知っている。あるいは、探し求めていたのかもしれない。

駅から流れ出る人々と、駅へと向かう人々が交差して、その人混みの中を泳ぐように、息苦しい気持ちを抱いて掻き分ける。セイレーンの歌声に導かれる船乗りのように、夢中になって追いかけた。

この耳に届く声はとても儚げでもの悲しいのに、それでも遠く彼方から伝わるかのように、力強さを感じさせる声だった。それは感情の籠もった歌詞によるものなのかもしれない。掻き鳴らすようなギターの音色も、また強かった。

暗闇の中をもがいて、嗚咽《おえつ》を零してでも前に進もうとする人の詩《うた》。灯りは一切ない。向かうべき出口がどこにあるのかもわからないまま、怯えながらも歩みを止めないで、自分でも正体の掴めない希望の光を求めて、彷徨《さまよ》っている。

この胸にあるのは、なんということもない些細な痛みだと知っているのに。

この漠然とした孤独感はなんなのだろう。

冷たい風の吹きつける荒野に、一人きり、佇んでいるかのようだ。

だから、わたしは、求めるように歌声を探す。

ねぇ、わたし、どうやって、生きればいいですか。

張り巡らされた歩廊の片隅にある、開けた広場。植え込みを背にベンチに腰掛けて、その人はギターを鳴らしていた。頭上の街灯の煌めきを受けて、彼女の周囲だけがぼんやりと光に包まれている。長い黒髪は艶やかで、歌う唇が囁く白い貌《かお》は、瞼を閉ざし眠るように優しい表情をしていた。初めて、この人の前で足を止めたときと、同じ光景があった。

人影はまばらだったけれど、ギターを掻き鳴らす彼女に惹きつけられて、足を止めている人たちの姿がある。不思議と年齢層が高く、背広姿の人が多かった。わたしが生まれるよりも古くから歌われた曲なのかもしれない。わたしたちの年代とは遠くかけ離れた時代に生きていた、聞いたことのない曲は、不思議といつも耳に心地良い。ゆらゆらと、たゆたう調べに身を任せて、歌われる言葉を、大切に胸の中に仕舞い込んでおきたくなる。

しばらくぼうっと立ち止まっていたら、波が引いていくように、演奏は緩やかに止んでいった。小さな拍手があって、唐突に現実に引き戻される。ギターを鳴らしていた彼女は立ち上がり、いつものように丁寧なお辞儀を見せた。言葉は一切ない。まるで古《いにしえ》の物語に登場する吟遊詩人のような立ち居振る舞いだと思った。停滞を見せていた時間が再び動き出して、足を止めていた人たちが急かされたかのように去っていく。何人か後ろ髪を引かれるような表情を見せていた人もいたけれど、結局のところ、後に残ったのは一人だけだった。

つまるところ、わたしが一人。

再びベンチに腰掛けて、ギターを抱え直した彼女が、顔を上げる。

この場所で、初めて出逢ったときと同じように、彼女は柔らかく微笑んで首を傾げた。

「こんばんは」

歯切れ良い口調で、岬《みさき》さんが声をかけてくれる。

こんばんは――。と、声を漏らしたわたしは、どうしてか身体から緊張が抜けていくような感覚に包まれた。いつもそうなんだ、と思った。彼女と出会うときは、わたしは言いようのない不安に取り憑かれていて、そして彼女の笑顔は、この冷たく強ばった心を優しく解きほぐし、そっと安堵させてくれる。わたしは吐息を漏らし、彼女に言葉をかけようと唇を彷徨わせた。

「どうしたの」岬さんは長い髪を耳にかけながら、見守るような表情で言う。「初めて会ったときと、同じ顔をしている」

わたしは、強がるみたいに、笑ってみせた。

「ちょっと、また落ち込んでるみたいなんです、わたし」

彼女はにこりと微笑んで、軽やかな手付きで傍《かたわ》らを指し示した。

「よかったら座って」

わたしは頷いて、彼女の隣に腰を下ろした。石を削って作られたのだろうベンチは、ひんやりと冷たい感触をお尻に返す。けれど、冬の冷たさほどではない。

もう春なのだ。

「だんだん、暖かくなってきたね」

岬さんはそう言った。考えていることが同じだったみたいで、少し嬉しかった。

「まだ、夜は寒いですけれど」

「そうだね」横顔を向けたまま、彼女は頷いた。「けれど、くっきりとした区切りを見せることもなく、季節は変わっていくものだから。同じように、いつの間にか夏が訪れて、すぐに暑くなるんだ。この前まで、あんなに寒かったのにって、そう思うようになる。人間の心も同じね。この前は、あんなに元気だったのにって……。今日はどうしちゃったのかな」

ちらりと視線を向けられて、わたしは俯いた。

岬さんとは、ときおり、ここで話をすることがある。

それは、友達が流した涙の理由だったり、ポケットの中で眠る見覚えのない品に纏《まつ》わる話だったり、あるいは恋の話だったりする。

普段は、どんな仕事をしているのかはわからない。歌いたい気分になると、ギターを抱えて、ここで古い詩を歌うのだという。仕事帰りの、しかも、気が向いたときにしか現れない人だから、会える機会はそう多くはなかった。

彼女には、不思議と打ち明けてしまう。

日常に感じる、苦しさだったり、悩みだったりを。

彼女の歌には、そんな魔力が込められているのだろう。

そしてこの人には、もう一つ、特別な力があるのだった。

「あの、また、ちょっと不思議なことがあったんです」

聞いて欲しい。

この心を蝕《むしば》む不安を、うまく言葉にすることはできないけれど。いつものように、わたしの語る日常から、わたしでも気付けない、言葉にできない、わたし自身の心を、汲み上げてほしい。

「ふぅん」岬さんは、こちらを覗き込むように顔を傾ける。「不思議なこと?」

「はい。六年も前に亡くなった人から、手紙が届いたんです」

岬さんは、興味を惹かれたように大きな眼を見開くと、脚を組んでギターを抱え直した。

それから、どうぞと言うように、片手を差し伸べ、無言で促す。

「一ヶ月くらい前に、わたしの祖父宛に手紙が届いたようなんです。差出人は、六年前に亡くなった祖母の名前になっていました」

それから、あの手紙に関する話を、できるだけ詳しく、情報を整理しながら話した。記憶力には自信がある。これまで、こうして不思議なできごとを語る際に、細かい点にまでよく注意を向けているねと、岬さんに褒めてもらったことがある。そのとき、彼女は言ってくれた。きっと小袖さんは、世界のことをよく見つめようと、常にアンテナを高くしているんだね。だから、普通なら気付けないことに気付くし、傷つかなくていいようなことでも、傷を負ってしまう。けれどね、それは誇ってもいいことだよ——。

どうしてだろう。なぜだろう。

そう注意を凝らして、目を背けずに世界と向き合っていれば、大事なことを見逃さないで済むから。

岬さんは、ほとんど質問を挟まなかった。ただ、一度だけ、ぼんやりと夜空を眺めたあと、小さく頷いた。

「話を聞く限りなら、そんなに不思議なことはないよ」

「そうですか?」

わたしは、ぎょっとして岬さんを見つめる。

彼女は抱えたギターに視線を落として、それを優しく撫でるような仕草を見せた。

「だって、考えるべき点は一つだけだもの。なぜ、今になって送られたか」

「誰が送ったか、じゃないんですか? 岬さんには、それがわかるんですか?」

彼女はくすりと笑ってかぶりを振る。

「まさか。神様じゃないんだから、そこまではわからない。ただ、それは重要なことだとは思えないんだ」

「どうして」

「六年、という期間が一番の疑問点だから。六年も経って送られてきた理由。そこに、答えが隠されているような気がする」

「わたし、最初はいたずらかなにかだろうって考えたんです。でも、手紙は祖母が書いたもののようですし、内容もしっかりしていたから……。だから、たとえば、祖母が書いて、なにかの理由で送ることができなかった手紙を、誰かが送ってくれたんじゃないかって」

けれど、その理由も、意図もわからない。

例えば、祖母の死後に、偶然見つかった手紙を誰かが送ったのだとしても、わざわざ祖母の名前を騙《かた》る理由がわからない。

岬さんは言った。

「可能性としては、それがいちばん大きいと思う。そう考えると、実際の差出人は、一ヶ月ほど前に、お祖母さんが書かれた手紙を、なんらかの理由で手にしたことになる。あるいは、六年という期間に、なにかしらの意味があったのかな。けれど——」

わたしは、大人しく彼女の言葉の続きを待った。

しばらく、夜空を睨んで、岬さんはわたしに確認する。

「手紙の内容からすると、小袖さんのお祖父さんとお祖母さんが、ご結婚される前に書かれたものなのでしょう？　それなら、小袖さんが推理した通りに、六十年ほど前の手紙ということになる。だから、実際に手紙を出すことができなかったのは、六十年前。六年間ではなくて、六十年も間が空いていたことになる」

六十年。その途方もない時間に、なにか隠された意味があるんだろうか？

「そういえば、小袖さん、手紙の文章の意味が、わからなかったって言っていたけれど……」

「あ、はい」わたしは頷く。手紙自体は、まだ岬さんに読んでもらっていない。「あの、見てもらえますか？　意味がわからないところがあって」

最初は、やはりというべきか、他人の手紙を勝手に見ることに対して、岬さんは抵抗を感じたようだった。しかし、ここで引き下がるわけにはいかない。どうしても、と頼み込んで、なんとか承知してもらうことができた。わたしは携帯電話を差し出し、千尋ちゃんから送られてきた写真を岬さんに見てもらった。

「確かに、別れの手紙のようね。少し、不思議な部分もあるけれど」

読み終えてすぐ、岬さんはそう言った。

「不思議な部分って？」

「別れを告げる手紙なのに、また連れていってください、と再会を示唆する文章がある点かな」

わたしは、携帯電話の画面に目を落とす。確かに、そう考えると不思議かもしれない。

「この、陽炎が立つ時期って、いつのことでしょう」

「これは、春でしょうね。四月のこと」

「四月。卯月ですね」

「うん。卯の雪」

岬さんは、それがなんだか見当が付いているかのように、にこりと笑った。

「カレの日というのは、簡単で、これは、あの、と読むの。あの日、という意味ね」

「えっ、そうなんですか？」

問い返しておいてなんだけれど、そういえば、辞書を引いたときかなにかで見たことがあるような気がする。

「けれど、やっぱり、文面からわかるようなことはないかな」岬さんは、暫《しば》し首を傾げて、夜空を睨んでいた。「どうして、スズコさんのこの手紙は、実際の差出人の手に渡っていたのかな。いちばん可能性があるのは、ご遺族なのでしょうけれど」

「あ、違います違います」わたしはかぶりを振った。「スズコじゃなくて、レイコって読むんです。鈴子って名前なんです」

岬さんは視線を落として、しばしきょとんとした。

「ああ、そうなんだ」

「すみません。言いませんでしたっけ」

「お祖母さんの名前を、この前まで忘れていた――というのは、小袖さんの話の中にあったけれど」

それから、岬さんはふと眼を細めて、

「小袖さん、お祖父さんの名前はわかる?」

それは当然、わかる。

けれど、言葉にしようとして、少しばかり戸惑った。すぐに思い出せなかったからだ。

祖父の名前を口にすると、岬さんは、どんな字を書くの、と聞いてきた。

けれど、答えることができなかった。

普段から、おじいちゃんと呼んでいるせいだろう。わたしにとって、祖父は『おじいちゃん』なのだ。だから、当然漢字で書き記す機会はないし、文字で記された祖父の名前に触れる機会もない。正確に言えば、問題の封筒の宛名に書かれていたはずだし、手紙の文末にも記されていたはずだ。けれど、千尋ちゃんが送ってきた画像には文末まで写っていなかったため、既に記憶から抜け落ちてしまっている。どうでもいいことはいくらでも覚えているというのに、それは祖父への関心の薄さの表れのようで、情けなく思える。

「すみません、わかりません。なんか、情けないというか、申し訳ない感じがします」

岬さんは再びわたしから視線を外すと、とんとんと軽く自分の唇を人差し指で叩いて見せた。

それから、にこりとした表情でわたしを見つめてくる。

「お祖母さんには、お姉さんか、妹さんがいるかどうか、わかる?」

「えっ」

唐突な質問に思えた。

祖母に姉妹がいるかどうか。そんなことまで、わかるわけがない。祖父の方だって、わからないことの方が多いような気がする。急激に、自分の世界の狭さを実感させられた。注意深く世界を見ている、と岬さんは言ってくれたけれど、本当は違うのかもしれない。

わたしにわかるのは、せいぜい、母や父に兄弟がいるかどうか、くらいなものだ。

いや――。

啓介さんのことを思い出した。

「あの、確か、妹さんがいると思います。ええと、啓介さんのお祖母さんが、その妹さんですから」

「なるほど。レイコさんの妹さんの、お孫さんが、啓介さんなのね」

「はい」

「その妹さんの名前はわかる？」

「えっと……、わかりません」

「調べられない？」

岬さんは、急に残念そうな表情を見せる。

そんな顔をされると、なにか悪いことをしたような気持ちになってしまう。わたしは携帯電話を掲げた。

「あの、重要なことなんですか？　それなら、母に聞いてみますけれど」

「そうね。重要かもしれないし、そうではないかもしれない」彼女はなんとも曖昧な返事をして首を傾げた。「苦し紛れな選択だけれど、可能性の一つとしては、あり得る。ご迷惑でないなら、お願いできる？」

「たぶん、大丈夫だと思います」

この時間なら、母は夕食の準備も終えて暇にしているだろうと思った。わたしのことは、少し遅くなるとあらかじめ伝えてある。

　母に電話をかけた。

「もしもし」

「あ、小袖？　帰ってくるの？　お腹空いてる？　どこにいるの？」

出し抜けに、質問が連射された。返事をする暇もない。

「あの、もう少ししたら帰る。また連絡するから。それより、聞きたいことあるんだけれど」

わたしは耳に押し当てた携帯電話を構え直した。変なこと聞くかもしれないけれど、と前置きして。

「おばあちゃんの、妹さんっていたでしょう。あの、啓介さんのお祖母さん」

「ええ。どうかしたの」

「名前って、わかる？」

「名前？　スズコさんだけれど」

　一瞬、頭の中が真っ白になった。

単純に、驚いた。

「え？　スズコさんのスズって、あの、鈴の鈴？」

「鈴が鳴るの鈴よ。かねへんの」

「え、でも、それじゃ、おばあちゃんと同じ字にならない？」

「なに言ってるの。おばあちゃんのレイって字は、たまへんの玲よ。玲瓏《れいろう》の玲。それで玲子って書くの。姉妹だったから、似た意味の名前を付けられたみたいよ」

狐にばかされたような気持ちだった。

岬さんを見ると、彼女は満足そうな表情で笑っている。

いくつか言葉を重ねて、電話を切った。

「予想、大当たりだったみたい」

「あの、つまり……。どういうことですか？」

唖然としながら、訊ねる。

「つまり、手紙を書いたのは、小袖さんのお祖母さん――玲子さんではなくて、啓介さんのお祖母さん――鈴子さんだったのね」

「えと、つまり……」

ぼんやりと考えた。

ひどく情けない結果が見えたような気がする。

「わたしと、千尋ちゃんが、勘違いしていたってことですか？」

「そうなるかな。小袖さんは、お祖母さんの名前がレイコだと知っていても、どういう字を書くのかまでは知らなかった。だから、本当はスズコさんが書いた手紙の、鈴子という文字をレイコと読み間違えて、勘違いしてしまった。千尋ちゃんという子もそうだったのでしょうね。同じ家で過ごしていても、自分が幼い頃に亡くなった人の、名前の漢字までは、知らなかった。お祖母さんに妹がいて、二人が似た名前を持っているということも知らなければ、勘違いをしても、それを疑う理由がどこにもなかったのね」

岬さんから視線を外して、薄暗く星のない空に視線をぐるりと這わせる。戸惑うように、口を開けて、夜空を見上げた。呆然と言う。

「そうだとして……。どうして、岬さんは、そんなこと、気付けたんです？」

いつもこうなのだ。

この人は、さらりと難問を解いてしまう。

わたしにとっては、そちらの方が摩訶不思議なことに思える。

「あたしには、先入観がなかったから」

「先入観？」

「そう。最初に、あの手紙を読んだとき、あたしはなんの違和感もなく、鈴子という文字を、スズコと読むことができたの。レイコと読むよりは、こちらの方が一般的だし、文章の途中に『鈴ちゃん』と書かれた部分があったでしょう。鈴子をレイコと読む人はいても、『鈴ちゃん』をレイちゃんと読む人は、まずいないと思う。けれど小袖さんは、お母さんからお祖母さんの名前が『レイコ』だと聞かされていた。そういった先入観があったからこそ、文中の『鈴ちゃん』の部分に違和感を覚えても、文末の『鈴子』という文字で、それはレイコと読むのだと、自然と納得してしまったのね」

言われてみれば、確かにそうかもしれない。

あのとき、『鈴ちゃん』と書かれていた部分を、頭では『スズちゃん』と認識していたはずだ。

「岬さんには、そういう違和感がなかったから？　それにしても、その、考えが飛びすぎていると思うんですけれど……」

「もちろん、それだけじゃない」彼女はさらりと言う。「小袖さんから、お祖父さんの名前の漢字がわからない、と聞いた時点で、もしかしたら、お祖母さんの名前の漢字もわからないんじゃないかなって考えたの。もしそうだとすると、この手紙は他の人が書いた可能性だって少なからず出てくる。手紙の中に、別れを示す部分があるのに、再会を示唆する文章があったでしょう。

それなら、この手紙を書いた人は、結婚はできないけれど、今後もお祖父さんと会う機会のあり得る人物なのだろうと思ったの。最初に、なぜ、今になって送られたのか、そこを考えるべきだって言ったでしょう。一ヶ月前に届いたのなら、その時期になにかがあったと考えるのが自然。そうなると、小袖さんのお話の中に、啓介さんという人が出てきた。その人が一ヶ月前に、自分のお祖母さんの葬式で、小袖さんのお祖父さんにお会いした、って話が出てきたよね」

「えっ……。あの、わたしって、そんなことまで岬さんに話しました？」

思わず、きょとんとした。

岬さんも、きょとんとして見返してくる。

「話してくれたよ。小袖さんってば、いつも、本当に細かく話を聞かせてくれるから……」

話をするのに夢中で、自分でも気が付いていなかったのかもしれない。

「そうか……。それで、一ヶ月前は、啓介さんのお祖母さん――、鈴子さんが亡くなった時期だったというわけですね」

「そうなる。亡くなるまで、出すことのできなかった手紙なのかもしれない。六十年の時間が空いた理由としては、とても充分な要素だと思えるよ」

亡くなるまで、出すことのできなかった手紙――。

ぼんやりと、それが意味することを考えた。そうして自分なりに解釈した真相に、わたしは飛び上がりそうな声を漏らす。

「え、でも、どういうことですか？　その、だって、手紙には、二人が付き合っていたみたいな感じに書いてあって。でも、実際に結婚しているのは、おじいちゃんとおばあちゃんで……。えと、つまり、どうして、妹の鈴子さんが」

そうではない。

自分の言葉を、否定する。

祖母が結婚することになったから、妹の鈴子さんは、別れるしかなかったのだ。

けれど、なぜ？

どうして？

岬さんは、夜の街を眺めながら、静かな声音で言う。

「昔は、恋愛を経て結婚することって、とても難しくて稀だったの。当時は、お見合いで結婚することの方が普通だったんじゃないかな。そしてその場合、順列というものも関わってくる。姉妹の場合は、姉より先に、妹に縁談が回ってくることはなかったんでしょう」

「そんな」

呟くように、抗議した。

誰に対して、抗議したのだろう。

この胸にじわじわと広がる、苛立たしさはなんなのだろうと考えた。

「どうして……。好きなら」

千尋ちゃんの言っていた言葉を、思い返していた。

きっと、おじいちゃんとおばあちゃん、駆け落ちしたんだよ。うん、親に反対されるとかしてさ。それで、おばあちゃんはいったん恋を諦めたわけ。それでも、おじいちゃんは諦めなかった。こう、二人で手を取り合って……。

どうして、そうはならなかったのだろう。

「ひどいじゃないですか、それ」

俯いて、言葉を漏らす。

夜はまだ少し、肌寒い。

岬さんは、どこへ視線を向けているのだろう。彼女は歌うように言った。

「普段、知るはずのない想いに気付くと、つらくなってしまうことも、あるんだ。それらを垣間見て、触れてはいけなかったなにかに、触れてしまうこともある。そこで温められることもあれば、悲しくなることも、後悔することもある。世界を見つめるって、きっとそういうことなんだ」

気持ちを、重ねようとするには、あまりにもつらすぎることだと思った。

わたしは、俯いたまま岬さんに問う。

「祖父は、どう思っていたのでしょう」

「わからない」岬さんは静かに声を漏らした。「けれど、お祖父さんは、その手紙が、鈴子さんからのものだと、最初からわかっていたはず。鈴子さんは、六十年も前に、それを彼に届けようとしていた。けれど、誰だって別れを告げるのはつらい。だから、最後まで出せなかったその想いが、六十年経った今、お祖父さんの元へようやく届いたのだと思う」

それを届けたのが誰なのか、岬さんは言わなかった。六十年。届けることができずに、したためたまま、仕舞い込んでいたものだ。鈴子さんが今際《いまわ》の際に託したものなのか、彼女の死後に気が付いた誰かがしたことなのか――。答えは出なかったけれど、もしかしたら、啓介さんかもしれないな、と考えた。差出人は、鈴子さんの名前を使って投函したのだ。そこにも、なにかしらの想いが込められているような気がした。

それでも、やはり、納得のできない部分が残る。

「鈴子さんは、それで良かったのでしょうか。祖母を恨んでいたのではないでしょうか」

「わからない」

けれど、と岬さんは言った。

「それが、二人の選んだ生き方だったのでしょう」

二人の選んだ生き方。

選ばれなかった未来と、選ばれた未来があり、その上で、わたしが生まれて、今日という日を生きている。

「どんなに過酷で、どんなに押しつけられたものでも、自分の生き方を選ぶのは、あたしたち自身だから。その選択に後悔することがあっても、自分で選んだ道だもの。前に進まなくちゃいけない。生きるって、きっと、そういうことなんだ」

自分で選んだ道。

膝の上に乗せていた手を握り、小さく拳を作った。

もしかしたら、岬さんは、汲み取ってくれていたのかもしれない。

わたしの胸で燻る、言葉で言い表すことの難しい暗闇を。

どうして、自分で選んだ道なのに、不安になるのだろう。他人の生き方を、羨んでしまうのだろう。

進まなくちゃいけない。

どう足掻いたって、わたしは、わたしなのだから。

9

春休みも、終わりを迎える。

遊びに行くお金はないし、部活をしているわけでもない。用事らしい用事もないまま、居間でだらしなく寛いでいるところだった。

明日から、二年生になる。そして、千尋ちゃんは高校生だ。

期待もある。けれど、それ以上に不安が大きい。

未来はなにも見えない。一歩先は暗闇で、明かりの届かない真っ暗な世界の先を、怖々と歩いているよう。それでも、時間はわたしたちを急かしてくる。立ち止まってはいられない。歩けば転ぶかもしれないのに、大きな穴に飲み込まれるかもしれないのに、立ち止まるという選択肢を与えてくれはしない。ううん、たとえ、与えられたとしても、わたしはきっと、この暗闇の中で、なにもしないで待っていること、したくはなかった。

「あんた、なにやってんの」

居間のソファに埋もれて、読書をしていた。いつの間にか、廊下から姉が顔を覗かせている。

今日は珍しく、暇らしい。

もう、春。風は冷たさを失って、陽射しは強くなり、空気は柔らかく暖かなものに変化する。

「暇なの？　明日学校でしょう？」

暇だから読書をしているわけじゃない。読みたいから、読んでいる。その生き方の違いを、説明しようとは思わなかったけれど。

わたしたちは、赤い血の糸が繋がった姉妹だけれど、違った生き方をしている。

それは優劣の差ではなく、進もうとしている道の違いなのだと、今更のように納得した。

「小袖さぁ、なんか食べた？」

そう言って、寝癖のひどい髪を片手で梳《す》きながら、姉は台所を漁っている。

そういえば、そろそろお昼だな、と時計を見て気が付いた。

「なんもないじゃん。母さんは？」

「出掛けてる。お昼は勝手に作って食べてって」

「えぇー、ひどくない？　小袖、なんか作ってよ」

そう言われても、読書に没頭し過ぎて、炊飯器のスイッチを押すことすら忘れていた。

どうしよう、と文庫から顔を上げて、途方にくれた表情をしていたら。

「小袖、暇？」

そう聞かれた。

姉は立ったまま、開いた硝子窓の網戸から、ぼんやりと外を眺めていた。布団を干すのにうってつけの陽射しが、柔らかく室内に入り込んでくる。わたしは曖昧に頷いた。

「まぁ、暇といえば、暇だけれど」

「じゃ、出掛ける？」

「えっ」

間抜けな声が、唇から零れた。

そんなふうに誘われたことは、今までになかったから。

振り返った彼女は、にやりと笑って言った。

「いいところ、連れてってやる」

10

満開に咲く桜の樹を前方に見やって、わたしはきょとんとしていた。近くにあったスーパーの駐車場に車を止めて、細い道をここまで歩いてきたところだった。最初は、訪れたことのない、ただの住宅街でしかないと思っていたのだけれど、曲がり角を折れて視界が開けた先には、桃色の花弁をいっぱいに開いて、ゆらゆらと風に揺れている桜の樹があった。

「穴場って、なに、お花見？」

振り返って姉を見ると、彼女は微かに笑って、手にしたコンビニの袋を持ち上げる。

「公園なんだよ、あそこ。ベンチもあるし、そこで食べよう」

姉が車を走らせたときには、どこかファミリーレストランなどに連れていってくれるのではと期待したのだけれど、コンビニに立ち寄っておにぎりやらなにやらを買い始めた時点で、もうわけがわからなくなっていた。

「穴場でしょう」

花見だったとは。

不意を衝かれたといった感じだ。

呆然としたわたしの反応に満足したのだろう。姉は機嫌良さそうに前を歩いて行く。

細い道は、車の通りもまるでなくて、とても静かだった。風は暖かく、空気もからっと澄んでいて、太陽が眩しい。

花見というよりは、ピクニックに来たような感覚に陥る。

公園は、それほど広い場所ではない。けれども、透き通るような輝く緑の樹に溢れて、触れれば心地良さそうな芝生に一面を覆われている。とても理想的なスペースだな、と思った。数人の子供がサッカーボールで遊んでいるほかは、ひっそりとしていた。

奥に桜の樹が立ち並んで、ゆらゆらと揺れていた。風がそれを撫でつける度に、花弁が舞うように、いくつもいくつも散っていく。散った薄桃色の花弁は、芝生を更に覆うように地面に落ちていった。地面は花弁の色で白い。風が吹くと、さらさらとその花弁が、滑るように地面を撫でていく。

「穴場だね、ほんと」

溜息と共に、言葉が漏れた。

「ちょっと寂しいかもしれないけれど、ね」

公園の隅にある黄色いベンチに、わたしたちは腰を下ろした。揺れる桜と、散っていく花弁を眺める。

空は雲一つない晴天。

高く広がる天上の蒼。

「小袖の無事進級に、カンパイ」

わたしたちはウーロン茶のペットボトルを軽く重ね合わせる。どうしてか、今日の姉は特別機嫌が良いようだった。

そのまま静かに、桜の樹や新緑を眺めながら食事を続けた。言葉はない。

無事進級。

明日からは、二年生だ。一年目を無事に終えたことになる。残りの高校生活は、あと二年。

でも、わたしは、なにをしていけばいいのだろう。

千尋ちゃんの打ち明けた不安は、そのまま、わたし自身の抱える不安だ。

漠然とした、先の見えない怖さ。

高校を卒業したらどうしよう。そこで、どんな生き方を選べばいいのだろう。

このままなにも考えずに、大学へ行くことになるんだろうか。

ゴールは、どこにあるんだろう。

「お姉ちゃんさ」

わたしは、ぼんやりと呟いた。

「うん？」

「お姉ちゃんはさ、あの、大学へ行って、なにしてたの？」

「遊んでた」

即答だった。

「そう」

「なんでそんなこと聞くの？」

わたしは笑った。姉にこんな話をしようとしているのが、照れくさかったのかもしれない。

「なんていうのかな……。高校卒業したらさ、どうしようかなって、ちょっと考えてたの」

「大学行くんじゃないの？」

「うん。それが、当たり前なんだよね」

「そんなことはないよ」

姉は肩をすくめた。お酒でも飲むみたいに、ウーロン茶のペットボトルを呷《あお》る。

「でも、大学行く以外に、やることないし。大学行っても、なにしたらいいのか、わからないけど」

姉は桜の樹に視線を向けたまま、呟いた。

「あたしも、そうだったよ」

「あたしも、大学行ってたときはそうだったかな。なにをすればいいのかわからなかった。なにをするためにここへ来たのか、全然わかんなかった。わからないから、遊んでた」

「そっか」

そこで、姉はどんな生き方を選ぶことにしたのだろう。

どういう道を、進むと決めたのか。

わたしより、先を進む、彼女。

「小袖、あたしが言えるのはさ……、うーん、なんだろうな」

姉は、笑っている。でも、彼女が真剣に話をしようとしてくれていることに、わたしは気付けた。

「間違えちゃだめなんだ。大切なのは、きっとさ、大学へ行くことでも、就職することでもない。本当に大切なことは、学ぶことでも、働くことでもないんだ。学んでなにをするのか、働いてなにをするのか、どんな生き方をするのか、自分で選んで決めること、それが大事なんじゃないの」

「なんとなく、わかるけど。でも、わたし、好きなこととか……」

「焦らないで、探しなよ。まだまだ若いんだからさ。大丈夫だよ」

「そっか」

どうしてか。

大丈夫だよ。

そう言われて。

本当に大丈夫だと、そう思えた。

しばらく、風にそよぐ桜の花弁を目で追っていた。

二人とも、無言だった。

わたしたちは、決定的に違う。

違う生き物なのだから、違う生き方を選ぶのは、当然のことなのだ。それでも、わたしたちは、やはり姉妹なのかもしれないと、唐突に気が付いた。

「小袖。……あたしさ」

緩やかな時間の流れの中で、彼女が声を漏らす。

「なに？」

見ると、彼女はぼうっとした表情で、桜の花弁が舞う空を、見上げていた。

「結婚しようと思うんだ」

姉がそう言ったので、わたしは一つ頷いて、ああ、そうなんだ、と納得する。

ようやく、姉がわたしをここへ連れてきた意味がわかった。

そうか。

そっか。

眼をぱちくりとさせて、頷いた。

教えてくれて、ありがとう。

「おめでとう」

不思議と、その言葉を口にしようとすると、涙が溢れそうになったけれど。

姉が微笑んで、立ち上がる。彼女はそっと、桜の樹へと近づいていった。桜の花弁は次々と散っていって、空と地面を白く彩っていく。

ふわふわと、風に流れて、花弁が舞う。

「桜……。綺麗だね。まるで雪みたいじゃない？」

わたしは、静かに頷いた。

「うん……。卯月の雪――」

"Red Strings" ends.

初出一覧

小生意気リゲット　〈ミステリーズ！〉vol.49
こそどろストレイ　〈ミステリーズ！〉vol.54
チョコレートに、躍る指　〈ミステリーズ！〉vol.56
狼少女の帰還　〈ミステリーズ！〉vol.58
卯月の雪のレター・レター　書き下ろし

卯月の雪のレター・レター

2013年11月20日　初版

著　者　相沢《あいざわ》沙《さ》呼《こ》
発行者　長谷川晋一
発行所　株式会社　東京創元社
〒162-0814　東京都新宿区新小川町1-5
電　話　03-3268-8231（営業）
03-3268-8204（編集）
URL　http://www.tsogen.co.jp
振　替　00160-9-1565
印　刷　フォレスト
製　本　加藤製本

ISBN 978-4-488-02725-4 C0093

第19回鮎川哲也賞受賞作

CENDRILLON OF MIDNIGHT◆Sako Aizawa

午前零時のサンドリヨン

相沢沙呼

創元推理文庫

◆

ポチこと須川くんが、高校入学後に一目惚れした。
不思議な雰囲気の女の子・酉乃初は、
実は凄腕のマジシャンだった。
学校の不思議な事件を、
抜群のマジックテクニックを駆使して鮮やかに解決する初。
それなのに、なぜか人間関係には臆病で、
心を閉ざしがちな彼女。
はたして、須川くんの恋の行方は——。
学園生活をセンシティブな筆致で描く、
スイートな“ボーイ・ミーツ・ガール”ミステリ。

収録作品＝空回りトライアンフ，胸中カード・スタッブ，あてにあらないプレディクタ，あなたのためのワイルドカード